NATALIE ANDERSON

Une reine à New York

Traduction française de
LOUISE LAMBERSON

AZUR

HARLEQUIN

Collection : Azur

Titre original :
THE QUEEN'S IMPOSSIBLE BOSS

HARPERCOLLINS FRANCE
83-85, boulevard Vincent-Auriol, 75646 PARIS CEDEX 13
Service Lectrices — Tél. : 01 45 82 47 47 - www.harlequin.fr
ISBN 978-2-2804-6410-9 — ISSN 0993-4448

Composé et édité par HarperCollins France.
Imprimé en novembre 2021 par CPI Black Print (Barcelone)
en utilisant 100% d'électricité renouvelable.
Dépôt légal : décembre 2021.

FSC
www.fsc.org
MIXTE
Papier issu de sources responsables
FSC® C159065

Pour limiter l'empreinte environnementale de ses livres, HarperCollins France s'engage à n'utiliser que du papier fabriqué à partir de bois provenant de forêts gérées durablement et de manière responsable.

1.

« Puisque vous n'avez daigné répondre à aucun de mes messages, inutile de revenir au bureau. »

La voix sévère, son ton accusateur résonnaient encore dans la tête de Jade Monroyale, mais, pour une fois, elle ne se laisserait pas intimider.

Fatiguée par le voyage, elle continua sa progression sur le trottoir en poussant sa petite valise. Le nombre de gens manifestement en chemin pour le travail était stupéfiant. Surtout à une heure aussi matinale et par un froid pareil. Jade avait les doigts et les orteils gourds, elle aurait volontiers pris une douche, mais elle avait compris une heure plus tôt en découvrant le message qu'il n'y avait pas de temps à perdre. Elle devait se rendre sur-le-champ au bureau pour tâcher d'arranger les choses.

« Inutile de revenir. » La voix grave et virile avait un accent menaçant. Autoritaire et implacable. Jade connaissait très bien ce genre d'homme : impatient, dédaigneux, arrogant. Mais elle avait perçu autre chose dans la voix au timbre de baryton – de la passion, ce qui l'avait alarmée plus encore qu'un éventuel licenciement de sa sœur jumelle.

Se débrouiller dans le métro new-yorkais n'avait pas été une mince affaire. Elle avait dû s'y reprendre à trois fois pour comprendre le fonctionnement du pass de Juno. Ce n'était pas bien compliqué, de glisser une carte dans une machine, mais, étant la souveraine d'une petite nation prospère d'Europe, Jade n'avait encore jamais eu d'argent liquide ni de cartes d'aucune sorte sur elle. Son père avait jugé cela superflu. Elle était « différente », elle avait une destinée « particulière », des devoirs « singuliers » – il avait veillé à ce qu'elle ne l'oublie jamais.

Mais à présent, une nouvelle responsabilité lui échoyait.

« Juno ? Ici Alvaro Byrne. »

Ainsi commençait le message trouvé sur la boîte vocale du smartphone de sa sœur. Plusieurs de ses collègues en avaient laissé, sa manager aussi, mais le tout dernier provenait du P-DG en personne, Alvaro Byrne.

Juno, sa cadette de deux minutes, vivait à New York depuis une bonne dizaine d'années, les jumelles ayant été séparées à la suite du divorce traumatisant de leurs parents. Et pour la première fois, Jade se trouvait en mesure d'aider sa sœur ; elle ne laisserait pas celle-ci perdre son travail pour cause de messages restés sans réponse. Juno n'avait pas pu rediriger ces appels parce qu'elle voyageait. Elle n'en avait même pas eu connaissance.

En fait, Jade était heureuse que sa jumelle ignore la menace qui pesait sur sa situation professionnelle. Si elle s'y prenait bien, Juno n'en saurait jamais rien.

Il suffisait de jouer son rôle à la perfection…

Cet échange de places était insensé, d'autant plus que, vivant depuis des années loin l'une de l'autre, elles en savaient très peu sur leurs modes de vie respectifs. Mais le jeu en valait la chandelle. Juno avait absolument besoin de passer un peu de temps à Monrova. Pendant qu'elle-même…

Elle serait libre, pendant trois petites semaines.

Jusqu'à la veille au soir, Jade n'avait quasiment jamais quitté le palais. Elle était la seule héritière reconnue par le roi, son père, et ils n'avaient jamais voyagé ensemble, elle et lui ; ainsi ses déplacements s'étaient-ils limités à l'indispensable. Elle avait étudié plusieurs langues étrangères, l'histoire, la géographie, avait tout appris en matière de politique et de diplomatie, elle connaissait le protocole et l'étiquette par cœur et, surtout, elle était experte dans l'art de contrôler ses émotions. La règle d'or consistait à ne jamais laisser transparaître ni peur, ni colère, ni souffrance. D'après son père, un monarque devait demeurer impassible en public – envers et contre tout.

Plutôt comique, si l'on songeait que, derrière cette harmonieuse façade royale, le divorce de ses parents avait été si acrimonieux et amer que Juno et Jade, alors âgées de huit ans, avaient été séparées dans le partage. Jade, en tant que première-née, restant avec son père pour être formée à son futur rôle de reine, tandis que Juno était envoyée aux États-Unis avec sa mère.

Jade n'avait jamais pardonné à son père ce bannissement cruel. Après la séparation, elle n'avait pas eu l'autorisation de revoir sa mère. Et son père désapprouvait évidemment l'attitude plus permissive de son ex-épouse vis-à-vis de Juno, ainsi que la propension au défi dont cette dernière faisait preuve lorsqu'elle venait à Monrova pour les vacances, hélas toujours trop brèves.

Jusqu'à ce que, l'été de leurs seize ans, Juno ne tienne tête à leur autocratique paternel et ne quitte le palais en claquant la porte, pour toujours.

« J'attends de mes employés qu'ils fassent preuve d'esprit d'équipe et qu'ils aient de l'estime pour leurs collègues. »

Le reproche cinglant d'Alvaro Byrne avait glacé Jade. Juno avait déjà assez souffert de la sévérité excessive d'un homme impitoyable, il était hors de question qu'elle subisse une nouvelle fois ce type de rejet. Surtout pour une peccadille. Personne n'était aussi loyal que Juno, et cette brute d'Alvaro ne lui accordait pas la moindre chance de s'expliquer.

Leur mère était morte un mois avant leur dix-huitième anniversaire, laissant Juno seule et isolée, à des milliers de kilomètres de son pays natal. Jade n'avait pas eu le droit de se rendre aux obsèques ni pu offrir de vrai réconfort à sa sœur. Elle avait appris à contourner les restrictions d'accès à Internet l'empêchant de voir les messages postés par Juno sur les réseaux sociaux, et elles communiquaient quand elles le pouvaient par appels vidéo, mais ce n'était pas la même chose que de se retrouver en chair en os.

Au moment du décès de leur père, presque un an plus tôt, Juno n'était pas rentrée à Monrova. Cette décision avait attristé Jade, mais certaines choses étaient trop douloureuses pour être surmontées, elle le comprenait. Ou alors il fallait beaucoup de temps pour y parvenir. Aussi la visite surprise de Juno, le week-end précédent, avait-elle été un vrai bonheur.

Quant à cette proposition d'échange de rôles, pour trois semaines…

Oui, c'était complètement fou. Mais Juno avait besoin de passer du temps dans son pays natal, pour prendre la mesure de l'héritage et de la vie qui lui avaient été refusés.

Ce n'était cependant pas par pur altruisme que Jade avait adhéré à cette idée folle. Elle avait cédé au désir de s'accorder un peu de temps elle aussi, de vivre une vie « normale », dans un anonymat relatif. De faire l'expérience des libertés qu'une ville comme New York pouvait proposer.

Et de s'offrir un *vrai* Noël, même si c'était en solitaire.

Mais elle allait apparemment d'abord devoir affronter le redoutable P-DG de Juno. Parce qu'elle était déterminée à calmer le jeu et à faire en sorte que sa jumelle garde son poste.

Jade était prête à tous les sacrifices pour son pays, y compris épouser l'homme choisi par son défunt père pour des raisons purement stratégiques. Ses conseillers étaient unanimes : ce mariage représentait la meilleure option pour Monrova et pour la reine elle-même. Si c'était vraiment le cas, Jade se plierait à leur volonté. Mais lorsqu'elle en avait parlé à Juno, celle-ci avait été horrifiée qu'elle envisage d'épouser ainsi le roi Leonardo de Severene, la nation voisine, et avait voulu lui offrir de l'espace et du temps pour réfléchir à ce qu'elle désirait vraiment.

Sa sœur lui avait confié son smartphone, son passeport, ses mots de passe… Et Jade s'était laissé convaincre par son enthousiasme et sa certitude que tout le monde serait dupe de leur petite supercherie.

Juno avait pris une semaine de congé juste avant les vacances de Noël, elle n'aurait donc pas dû avoir à se présenter au bureau.

Mais lorsque, après avoir atterri à l'aéroport de New York, Jade avait allumé le smartphone de sa sœur, une incroyable quantité de SMS et de messages vocaux l'attendait. C'était le dernier, laissé par le P-DG lui-même, qui l'avait décidée à passer à l'action.

Parti de rien, Alvaro Byrne avait commencé par la création d'applications populaires, dont le succès exponentiel lui avait permis de se lancer dans l'investissement immobilier et financier ; il dirigeait désormais un puissant conglomérat.

Juno avait été recrutée comme responsable des réseaux sociaux au sein de la division marketing gérant les suites d'applications, y compris la plus ancienne, Byrne IT – sorte de coach physique virtuel permettant de mesurer l'intensité et la quantité d'activité physique fournie par un individu.

Au cours de la discussion qu'elles avaient eue à Monrova, Juno avait fait allusion à un *petit* problème sans importance. Mais Jade s'était renseignée en ligne après avoir pris connaissance des messages ; les dégâts étaient bien plus importants que Juno ne l'avait pensé, et la situation ne faisait qu'empirer.

Durant le trajet entre l'aéroport et Manhattan, Jade avait cherché toutes les informations possibles et imaginables sur l'endroit où travaillait Juno et sur ses collègues, sans grand résultat. Aussi avait-elle réécouté les messages et mémorisé les noms des appelants grâce aux techniques de mémorisation assimilées dès son plus jeune âge. Ensuite, elle s'était fait un chignon pour que personne ne remarque qu'elle avait les cheveux plus longs et plus lisses que Juno, en espérant que son pantalon noir et son chemisier blanc correspondaient à la tenue standard de sa sœur. En outre, en s'y prenant bien et vite, elle n'aurait même pas besoin d'enlever son manteau et aurait quitté le bureau avant l'arrivée des collègues de Juno.

Arrivée devant le siège de l'entreprise, dans le quartier de Tribeca, Jade contempla la haute façade entièrement vitrée de l'ancien bâtiment industriel en brique transformé ainsi en édifice résolument contemporain. Fouillant dans le sac en cuir râpé de Juno, elle en sortit le badge d'accès à l'immeuble. À son grand soulagement, un petit clic se fit entendre dès qu'elle approcha le badge du lecteur.

Suivant les panneaux, elle s'enfonça toujours plus dans le vaste atrium silencieux. Les nerfs à fleur de peau, elle carra les épaules, résolue à tout arranger avant le retour de sa sœur. Ce poste comptait énormément pour Juno. Elle avait renoncé à son label de princesse rebelle, à ses activités sur les réseaux sociaux, et était ravie de travailler pour une entreprise et de retrouver l'anonymat. Jade voulait par conséquent l'aider à garder son emploi.

Son statut d'aînée, de deux minutes, relevait du pur hasard. Or cette différence minime l'avait désignée comme l'héritière du trône, tandis que sa cadette avait été bannie du royaume. La dureté dont leur père avait fait preuve envers Juno avait eu des conséquences dévastatrices pour celle-ci. Jade le savait. Mais elle avait été trop pleutre pour affronter son père et le supplier de revenir sur sa décision. Elle avait eu peur de le décevoir à son tour – comme sa mère –, de subir le même sort que Juno et d'être rejetée elle aussi.

Au lieu de se rebeller, elle s'était efforcée d'être la princesse parfaite, digne de son père.

Mais à présent, elle avait l'occasion de se racheter.

Jade entra dans l'ascenseur et, soulagée de pouvoir enfin suivre des indications claires, appuya sur le bouton du sixième étage. Quelques instants plus tard, elle s'avançait dans un immense open space comprenant plusieurs groupes de bureaux séparés par des sofas. De part et d'autre s'alignaient des bureaux aux cloisons de verre.

Lequel était celui de Juno ? Dans l'espoir de découvrir un indice, Jade s'immobilisa pour se concentrer sur les objets personnels posés sur les bureaux. Soudain, elle repéra un énorme mug rose vif sur lequel « Princesse » était écrit en lettres dorées.

Tout sourires, elle poussa sa valise en direction du bureau de Juno, ôta finalement son manteau, qu'elle posa sur le dossier du fauteuil pivotant, puis contempla l'ordinateur. Il lui suffisait de se connecter, d'envoyer quelques messages et e-mails ; elle pourrait ensuite s'en aller.

— Qu'est-ce que vous faites ici, bon sang ?

Impossible de ne pas reconnaître cette voix impérieuse et courroucée… Jade fit volte-face, prête à la riposte, avant de s'immobiliser, bouche bée.

— Oh…, murmura-t-elle, fascinée par la vision qui s'offrait à elle.

De la peau hâlée. Des muscles. De la fureur exsudant de tout le corps d'un superbe athlète. Des yeux sublimes…

Une chaleur infernale se déploya en elle. Un trouble irrépressible dont la nature était dépourvue de toute ambiguïté. Le désir la submergeait, chassant de son esprit toute pensée cohérente.

Il était immense, magnifique, puissant. Somptueux.

La virilité incarnée.

Jamais Jade ne s'était trouvée en présence d'un spécimen de mâle aussi parfait. Aussi sexy et aussi attirant.

Évidemment. Son père ayant veillé à ce qu'elle reste chaste et pure jusqu'au mariage, elle n'avait pas eu l'occasion d'approcher un homme de près, hormis de respectables conseillers dont le plus jeune avait largement dépassé la cinquantaine.

Pourquoi était-il torse nu ?

Se rendant compte, trop tard, qu'elle le dévisageait en retenant son souffle, Jade détacha à regret son regard des impressionnants abdominaux et pectoraux, passa sur les larges épaules et le cou puissant, les mâchoires volontaires, les lèvres pincées, et affronta la rage étincelant dans les yeux couleur d'ambre.

— Juno, n'est-ce pas ? fit-il d'une voix crispée. Vous devez vous en aller.

— Vous…

La bouche sèche, elle s'interrompit et déglutit avec effort.

— Je continue à me demander ce que vous faites ici, fit-il sèchement à sa place.

Et lui ? Que faisait-il là à une heure aussi matinale, vêtu en tout et pour tout d'un short de sport noir et de baskets ?

— Pourquoi êtes-vous venue ? Vous n'avez pas eu mon message ?

— Je…

— Vous n'avez plus rien à faire ici. Partez. Immédiatement.

Pardon ? Il n'allait même pas l'écouter ?

— Non. Je suis venue pour…

— Vous êtes encore là ?

— Vous voulez bien m'écouter ?

Il croisa les bras, sa posture faisant ressortir ses biceps.

Jade, qui se contrôlait depuis des années dans toutes sortes de situations, était pour le coup complètement déstabilisée. Pour la première fois de sa vie, son esprit s'égarait dans des territoires hasardeux et refusait de lui obéir.

— Vous…

Elle inspira profondément et redressa le menton.

— Vous devez m'accorder une chance.

— Vous en avez eu des tas. Mais vous n'avez répondu à aucun appel ni à aucun message pendant quarante-huit heures. Et maintenant, vous avez le toupet de débarquer ici…

Alvaro Byrne la regarda en plissant les yeux. Mon Dieu, avait-il déjà deviné qu'elle n'était pas…

— … la bouche en cœur, acheva-t-il, la voix plus rauque.

Un soulagement immense envahit Jade. Il ne s'était pas rendu compte de la supercherie.

— *Quarante-huit heures*, Juno, répéta-t-il. Pourquoi n'avez-vous répondu à aucun appel ?

— J'étais hors de portée.

— Ah oui ? C'est tout ce que vous avez trouvé comme excuse ? demanda-t-il, l'air incrédule. Eh bien, vous auriez peut-être mieux fait de le rester, hors de portée.

— Je suis ici, maintenant.

— Pourquoi ?

— À votre avis ?

— Comment croyez-vous pouvoir remédier à la situation ?

Aucune idée. En outre, elle n'avait jamais été confrontée à un tel mélange d'hostilité et de fureur.

— Vous avez réagi beaucoup trop tard, Juno.

Jade était fatiguée à cause du vol. Stressée de devoir mentir à peine arrivée. Cet échange de rôles était une mauvaise idée. La prétendue petite erreur s'était manifestement transformée en catastrophe monumentale. Mais le géant somptueux et follement sexy qui lui faisait face ne pouvait pas être aussi inflexible.

De son côté, elle devait recouvrer ses esprits.

— Je ne pouvais pas…

— Je vais prendre une douche et m'habiller. Soyez partie à mon retour.

Sans lui laisser le temps de répondre, il lui tourna le dos.

Interloquée, Jade le regarda traverser le vaste open space à grands pas. Il croyait pouvoir la renvoyer, juste comme ça ? Sans même lui laisser la possibilité de s'expliquer ? Sans lui accorder la moindre chance d'arranger les choses ? Jamais elle n'avait rencontré d'individu aussi déraisonnable.

Elle s'était manifestement attaquée à plus fort qu'elle. Elle avait cédé à une impulsion, il lui était désormais impossible de revenir en arrière.

Elle ne renoncerait pas.

Elle se battrait. Pour Juno.

Alvaro se dirigea droit vers la salle de bains, ôta short et baskets en un tournemain, puis actionna l'eau froide de la douche. Il fallait absolument qu'il reprenne le contrôle sur les réactions primaires, absurdes, de son corps. Cette femme s'était pointée à une heure ridicule – avec sa valise ! Alors qu'il lui avait clairement dit que ce n'était pas la peine de revenir.

Tandis qu'il remontait de la salle de sport, il l'avait observée s'avancer vers son ordinateur *en souriant*. Que trouvait-elle d'amusant à la situation ?

Et le pire, c'était la chaleur incroyable qu'il avait alors sentie se répandre en lui. Due à la colère, bien sûr.

Non, pas complètement.

La trahison patente de son corps n'avait fait qu'exacerber sa colère. Il refusait d'être attiré physiquement par Juno Monroyale. Il la connaissait à peine, bon sang ! Sa responsable du marketing l'avait recrutée quelques semaines plus tôt, mais il était parti peu de temps après à l'étranger pour affaires et l'avait à peine croisée.

Et malheureusement, la princesse était divine. Des yeux d'un vert ensorcelant. Des cheveux châtains rassemblés en un chignon haut faisant ressortir ses pommettes et ses lèvres pulpeuses, un ravissant petit menton qui donnait une irrésistible envie de le soulever pour embrasser la belle bouche sensuelle…

C'était tout bonnement terrifiant. Il n'avait pas été terrassé ainsi par le désir depuis un sacré bout de temps. Pas de façon aussi immédiate, aussi intense, aussi déplacée. Pour une employée, en plus. Une irresponsable qui, à cause d'une bourde lamentable, avait semé une pagaille *monstre*.

Par conséquent, plus tôt elle aurait quitté les lieux, mieux cela vaudrait.

Il l'imagina malgré lui se dirigeant vers l'ascenseur en poussant sa satanée petite valise, perchée sur ces hauts talons ridicules totalement inadaptés aux rues enneigées de New York. Cela disait tout, non ? Pas équipée pour la vraie vie. Princesse jusqu'au bout des ongles et incapable de reconnaître ses erreurs. Elle avait carrément abandonné ses collègues ! Comptait-elle sur eux pour réparer les dégâts à sa place ?

Il connaissait trop bien ce type de fonctionnement. Celui d'individus privilégiés refusant d'assumer les conséquences de leurs actes. D'assumer leurs erreurs. Sa « famille » en avait été le parfait exemple, et lui-même était le résultat de l'une de leurs « erreurs ».

Aussi n'avait-il pas de temps à perdre à faire des politesses à cette femme. Le plus urgent était de remédier à la situation. Et il y parviendrait, parce qu'il avait construit cette entreprise grâce à une détermination sans faille et des efforts surhumains. Sa réussite spectaculaire l'avait contraint à s'entourer d'équipes, mais il préférait au fond la solitude et ne se fiait vraiment qu'à lui-même. Il n'avait jamais aimé demander de l'aide. Qui aurait pu accepter de l'aider sans l'espoir d'en retirer un profit personnel ? Un contrat de salaire juteux, par exemple.

Juno Monroyale ne se doutait pas du prix qu'il avait payé pour parvenir au succès. Que son ignorance soit due à son existence privilégiée ou à de la simple indifférence, peu importait. Il ne voulait pas la voir dans les parages.

À vrai dire, ce n'était pas le tsunami médiatique déclenché par l'erreur de Juno qui le préoccupait. Cette application était sa toute première, il gardait un petit faible pour elle, mais ce secteur ne représentait plus son activité principale, loin de là.

C'était une question de *confiance*. Or il était au milieu d'une négociation délicate, le plus mauvais moment pour que sa crédibilité soit mise en doute.

Il sortit de la douche, s'habilla rapidement, et alla vérifier qu'elle avait bien obéi à ses ordres et disparu.

Non. Elle était toujours là, assise devant son ordinateur, fixant l'écran d'un air ultra-concentré tout en pianotant sur son clavier.

— Pourquoi n'êtes-vous pas encore partie ? demanda-t-il en s'arrêtant à quelques pas derrière elle.

— Parce que je dois d'abord régler ce problème.

— Le seul problème, c'est que vous soyez encore là, répondit-il d'un ton sec.

— Appelez la sécurité, alors. Je ne partirai pas.

Quand elle pivota de quelques centimètres dans son fauteuil, redressa le menton et le foudroya du regard, son sang ne fit qu'un tour.

— Je n'ai pas besoin d'aide pour vous faire quitter les lieux, croyez-moi. Je peux m'en charger, d'une seule main.

En fait, ses *deux* mains le démangeaient.

— Essayez un peu, pour voir, fit-elle en redressant son ravissant petit menton d'un cran supplémentaire.

Jade ne se comportait *jamais* de cette façon. Avec personne. Et pourtant, c'était bien elle qui tenait ainsi tête à Alvaro Byrne.

Par ailleurs, jamais elle ne s'était sentie aussi minuscule, là, assise dans ce fauteuil ergonomique. Ni en proie à une telle excitation.

— Je ne vous ferai pas ce plaisir, dit-il, les mâchoires serrées.

— Et moi, je ne bougerai pas d'ici, répondit-elle aussi sec.

Elle se raccrochait au mépris parce que, en réalité, le désir lui tournait la tête. Elle désirait sentir les grandes mains d'Alvaro Byrne se refermer sur sa taille et la soulever, pour la presser contre son corps musclé et viril.

Elle le désirait si farouchement, avec une telle intensité, qu'un instant elle crut déceler le même désir dans le regard rivé au sien.

Son cœur se mit à battre la chamade. En chemise blanche et pantalon noir, Alvaro était encore plus somptueux. Elle *sentait* la chaleur et la force irradier des muscles dissimulés sous les vêtements raffinés. Mais elle refusait de faiblir, de capituler.

Soudain, quelque chose bascula entre eux. Alors que la posture d'Alvaro trahissait la colère qui bouillait en lui, une douce chaleur emplissait maintenant les yeux d'ambre, les colorant d'une belle nuance dorée.

— Laissez-moi au moins essayer de régler le problème, dit-elle en se ressaisissant.

— Pour empirer encore la situation ?

— Pourquoi ne pas me faire confiance ? Vous m'avez embauchée pour ce travail, non ?

— Vous avez hélas montré que vous n'étiez pas à la hauteur. En plus, vous avez fui.

— Vos employés n'ont pas droit à l'erreur ? Vous ne leur accordez jamais une seconde chance ? Je n'ai pas commis de crime, que je sache ? Je n'ai même rien fait *d'illégal.*

— Il s'agit de violation de données personnelles.

— Non, répondit fermement Jade. Il est clairement stipulé dans les termes et conditions de l'application que Byrne IT a le droit d'utiliser ces données dans un but publicitaire.

Il la regarda en étrécissant les yeux.

Eh oui, elle avait profité du long trajet en train puis en métro pour se renseigner sur la question. Et elle était très douée pour ingurgiter d'interminables documents rédigés dans un fastidieux jargon juridique.

— Ce n'était pas malin, je vous l'accorde, continua-t-elle. Mais *pas* illégal. Et vous avez maintenant la possibilité de modifier les termes et conditions pour les mettre en adéquation avec les souhaits de vos clients.

— Vous refusez d'admettre que vous avez commis une erreur ?

— Au contraire.

Elle se redressa sur son siège.

— J'en assume la pleine responsabilité et je tiens à présenter mes excuses.

L'erreur en question, en effet commise par Juno, consistait à avoir posté le mauvais graphisme d'information sur l'un des canaux des réseaux sociaux. La version « une » au lieu de la version « deux ». La version « une » incluait des noms d'utilisateurs tandis que la « deux » garantissait l'anonymat. C'était une erreur anodine mais certains des utilisateurs l'avaient remarquée et n'avaient pas apprécié de voir leurs identifiants s'afficher. Le manque de réponse à leurs messages avait ensuite transformé la petite vague de mécontentement en un véritable raz-de-marée et suscité un débat en ligne sur le respect des droits liés à la protection de la vie privée.

— Très bien. Maintenant que vous vous êtes excusée, vous pouvez vous en aller.

— Non, je ne m'en irai pas.

Elle fit pivoter son fauteuil et retourna à son écran.

— Que faites-vous ?

— Je vous ai dit que je tenais à m'excuser.

— Vous venez de le faire.

— Il n'y a pas que vous.

Léger silence.

— Vous envoyez un e-mail à vos collègues ?

— C'est déjà fait. Parce que je suis sincèrement désolée d'avoir disparu dans la nature, mais maintenant je suis de retour. Et je réponds aux plaignants.

— Pardon ?

— Tout le monde commet des erreurs. Et la plupart des gens méritent une deuxième chance – que la plupart des gens normaux sont prêts à leur accorder.

Elle tourna brièvement la tête. S'il ne comprenait pas l'allusion, tant pis pour lui…

— Vous croyez que vos petites excuses suffiront à tout faire rentrer dans l'ordre ?

— Reconnaître ses torts est parfois très important.

— Obtenir un dédommagement aussi.

— Dans ce cas, je leur offrirai un mois d'abonnement gratuit. Vous n'aurez qu'à prélever l'équivalent sur mon salaire.

Elle rembourserait Juno dès son retour à Monrova. Et si cela ne suffisait pas à convaincre son boss de sa bonne volonté, rien n'y parviendrait.

— Vous êtes prête à aller jusque-là ?

Tournant de nouveau la tête, elle le regarda droit dans les yeux.

— Je suis prête à faire tout ce qu'il faudra pour réparer mon erreur.

— J'ignorais que les membres de familles royales pouvaient ressentir la moindre culpabilité, laissa-t-il tomber du bout des lèvres.

Oh ! parce qu'il avait quelque chose contre les familles royales en général ? Pas seulement contre Juno ?

— Vous nous voyez comme des individus gâtés qui se croient tout permis ?

Une lueur diabolique traversa les yeux d'ambre.

— Démontrez-moi le contraire, princesse.

Elle soutint un instant son regard en silence.

— Pas de problème, répondit-elle avec une assurance qu'elle était loin d'éprouver.

2.

Trois heures plus tard, Alvaro observait la princesse de son bureau séparé de l'open space par une paroi vitrée. Elle paraissait plus mince, plus pâle. Mais peut-être ne s'agissait-il que d'une impression. Il l'avait à peine vue avant de partir à l'étranger. Cependant, elle avait raison : il n'y avait pas eu violation des données personnelles et ils n'avaient pas enfreint leur politique de confidentialité. Dont il faudrait peut-être effectivement modifier les termes.

Il regarda avec intérêt les messages de Juno s'afficher en ligne. Elle répondait à chacun des commentaires déjà publiés, signant les siens par PJ.

> Je suis sincèrement désolée. Je suis la seule et entière responsable. Vous auriez dû pouvoir choisir de publier vos informations ou non.

À sa grande stupéfaction, il voyait l'émotion naître et se propager sous ses yeux. Les commentaires continuaient d'affluer, auxquels d'autres s'ajoutaient, en réponse aux explications de Juno. À présent, on lui disait de ne pas s'inquiéter ! Ils étaient désolés pour elle !

Comment avait-elle fait pour les mettre si rapidement dans sa poche ?

> Tout le monde commet des erreurs, mais la mienne a eu des répercussions directes sur vous. Je ne peux que vous présenter mes excuses et vous remercier de les accepter.

Elle avait écrit à un utilisateur initialement furieux qui l'interrogeait désormais sur ses exercices d'entraînement préférés ; ils chattaient comme de vieux amis…

Alvaro leva les yeux pour observer de nouveau Juno. Un léger sourire flottait sur ses lèvres tandis qu'elle tapait avec entrain sur son clavier. Lorsque Sophy, sa responsable du marketing, avait parlé de recruter une « célébrité », il avait eu des doutes. Voulait-elle ajouter une touche de glamour à l'équipe ? Il était persuadé que Juno Monroyale acceptait le poste à cause du généreux salaire assorti. Elle œuvrait auparavant comme « influenceuse » ou quelque chose de ce genre – refourguant probablement n'importe quel produit dans le seul but de se faire de l'argent facile.

Mais peut-être s'était-il trompé car elle semblait sincèrement impliquée et appréciait de toute évidence ces échanges. Elle travaillait vite et utilisait deux ordinateurs pour vérifier les différents canaux de réseaux sociaux et réagir le plus rapidement possible aux commentaires, qui se multipliaient de manière exponentielle. L'un d'entre eux fit tiquer Alvaro car son agressivité visait personnellement Juno. Le libellé était franchement *ignoble*.

Il se leva et vit qu'elle avait déjà posté une réponse polie, mais ferme et définitive. Maintenant, d'autres lui signifiaient leur approbation, ensevelissant le commentaire insultant sous une avalanche de messages de soutien.

Mais pourquoi avait-elle gardé le silence durant tout le week-end ? Pourquoi n'avait-elle répondu ni à ses messages ni à ceux de ses collègues ? Personne n'avait réussi à la joindre. Sophy, sa supérieure hiérarchique directe, avait été dans un état de stress épouvantable…

Alvaro les fit venir toutes les deux.

— Sophy, vous voulez bien aider Juno à modérer les commentaires ? dit-il dès qu'elles apparurent sur le seuil de son bureau. Elle ne devrait pas voir certains…

— Je peux très bien les gérer, l'interrompit Juno. Ce ne sont que des mots, et je ne voudrais pas augmenter la charge de travail de mes collègues. Mon erreur leur a déjà causé suffisamment de problèmes.

Il la regarda, impressionné par la dignité et la maîtrise de soi dont elle faisait preuve. Où était passée l'ardeur avec laquelle elle lui avait tenu tête quelques heures plus tôt ?

— Vous en êtes sûre ?

Hochement de tête.

Cet après-midi-là, il prit deux cafés de plus que d'habitude et garda un œil sur Juno. Elle ne quittait pas son fauteuil des heures durant. Elle avait forcément besoin de manger, d'aller aux toilettes, non ? Elle ne s'arrêtait pas pour bavarder avec ses collègues. Sur les réseaux, c'était l'effet boule de neige. Des gens en venaient à partager leurs histoires de ratages. La communauté n'avait pas été aussi active depuis longtemps.

— Nous avons battu tous les records en matière de nouvelles inscriptions, annonça triomphalement Sophy en réapparaissant sur le seuil. Sur toutes les applications.

Elle sourit.

— Juno nous a donné une master class de gestion des réseaux sociaux. Et nous a fait une brillante démonstration du pouvoir de la sincérité et de la transparence. Sans pour autant se faire passer pour une martyre.

Alvaro garda le silence. Impossible de virer Juno, désormais. Il aurait au contraire dû se réjouir d'avoir un élément si doué dans l'équipe. Alors pourquoi se sentait-il contrarié ? Pourquoi ce sentiment aigu de danger ?

Il refoula l'évidence. Il ne voulait pas reconnaître que sa réaction était due au désir qui l'avait submergé dès l'instant où Juno et lui s'étaient affrontés, à 5 heures du matin.

Sophy se retourna et regarda Juno, toujours concentrée sur son écran.

— Ils aiment la possibilité de dialoguer avec une vraie princesse.

À ces mots, il se raidit. Les internautes se *servaient-ils* d'elle à cause de son identité ? Le fait de profiter lui-même du nom de Juno, de sa famille, le dérangeait. Il avait l'impression d'exploiter une circonstance qui la dépassait elle-même.

Pourtant, ce n'était pas le cas. C'était bien elle qui recevait les commentaires, décidait de la manière d'y répondre, choisissait de prendre le temps de le faire. Elle aurait pu ne pas revenir du tout. Elle aurait pu partir quand il le lui avait demandé, le matin même.

D'un autre côté, elle avait peut-être besoin de ce travail, besoin d'utiliser ses talents, ses atouts – ceux hérités à sa naissance mais aussi ceux qu'elle avait développés.

Il savait ce que c'était, de devoir survivre à tout prix. Faire de la lèche pour obtenir des jobs pourris ou travailler à toute heure du jour ou de la nuit. Cela avait été le sort d'Ellen, celle qui lui avait servi de substitut de mère et lui avait montré par son exemple que le plus important, c'était la discipline et l'éthique personnelle. Les seules choses que l'on pouvait contrôler.

Il ne pouvait par conséquent que respecter et apprécier les efforts et la dignité de Juno. Sans pour autant parvenir à se débarrasser de la méfiance qu'il ressentait à son égard. Cela faisait des années qu'il n'avait pas éprouvé ce genre de sentiments. Depuis ses neuf ans, quand il s'était retrouvé face à son « grand-père » avant d'être rejeté de nouveau.

— Il faut clarifier ces termes et conditions, dit-il d'un ton irrité à Sophy. Voyez cela avec les juristes.

— Pas de problème.

Mais elle ne bougea pas.

— Un tout nouveau bulletin d'info en ligne a demandé une interview de vous et de Juno – elle pourrait…

— Juno a autre chose à faire. Je vais m'en occuper.

Elle avait assez travaillé pour aujourd'hui. D'autre part, il devait contrôler l'attirance déplacée qu'il éprouvait pour elle. Pourquoi cela lui était-il tombé dessus tout à coup ? Alors qu'il l'avait jusque-là à peine remarquée ?

Toujours concentrée sur son écran, elle continuait de

répondre aux messages qui surgissaient sans cesse. Avec un calme sidérant. Avait-il rêvé leur affrontement matinal ?

Agacé, il quitta son bureau pour aller prendre l'air.

— Tu es différente, aujourd'hui, dit une jeune assistante d'un air songeur.

— J'ai passé le week-end avec des gens de Monrova et…

Jade vit Alvaro sortir de son bureau et traverser l'open space.

— Dans ces moments-là, reprit-elle, mon accent ressort…

Son regard croisa celui d'Alvaro, qui continua son chemin sans s'arrêter.

Mon Dieu, elle devait avoir les joues écarlates…

Mais heureusement, la jeune assistante s'était déjà remise au travail.

Quelques heures plus tard, Jade, épuisée, ferma les yeux et effectua des petites rotations de la tête pour se détendre le cou et les épaules.

— *Pourquoi êtes-vous encore là ?*

Elle sursauta et, rouvrant les yeux, fut choquée par l'expression courroucée d'Alvaro.

Comment pouvait-il lui poser cette question ? Elle avait attendu des heures qu'il revienne de l'interview, alors que ses collègues – ou plutôt ceux de Juno – partaient tous, les uns après les autres.

— Je suis contente que vous pensiez vous aussi que tout le monde commet des erreurs, répondit-elle posément. Et que tout le monde mérite une seconde chance.

— Vous avez regardé l'interview ? répondit-il avec un petit sourire en coin. Vos arguments ont été convaincants. Vous devez être ravie que j'aie adopté votre point de vue ?

— Vous me comptez dans « tout le monde » ?

— Je ne crains pas de reconnaître mes erreurs, Juno. Et j'apprécie tout ce que vous avez fait aujourd'hui.

Elle tressaillit en s'entendant appeler Juno. Et se sentit plus coupable encore.

— Je ne comptais pas vous en parler, poursuivit-il, mais je rentre d'une négociation de contrat particulièrement délicate et je n'ai pas bien réagi ce matin. Je m'excuse d'avoir été aussi brutal envers vous.

Elle le regarda un instant en retenant son souffle.

— Je comprends que vous ayez pris mon retrait pour une fuite… Je devais participer à une réunion de famille, ce week-end. Je suis désolée de ne pas avoir été joignable.

Les yeux d'ambre scrutèrent les siens, la faisant frémir.

— D'après Sophy, vous aviez initialement prévu de prendre votre semaine ?

Elle hocha la tête en silence.

— Ça vous ennuierait, de venir plutôt au bureau ? J'ai quelques idées que j'aimerais concrétiser, votre collaboration serait un plus pour l'équipe. À moins que vous n'ayez des projets auxquels vous tenez ou qui soient impossibles à modifier ?

— Euh… Je…

Le cauchemar continuait, mais, étrangement, Jade ne se résolvait pas à lui répondre par la négative.

— Pas du tout. Je peux très bien venir travailler.

D'ordinaire, elle affichait en toutes circonstances un air serein. D'ordinaire, elle ne disait pas « Euh… » Mais face à Alvaro Byrne, elle perdait tous ses moyens.

— C'est formidable. Merci.

Sauf qu'il n'avait vraiment pas l'air enchanté.

— En attendant, il est tard et votre journée a été longue. Comment rentrez-vous chez vous ?

Elle n'en savait rien. Elle ne savait même pas où se trouvait son « chez-elle ». Par ailleurs, elle avait réussi à sauver le poste de Juno – pour l'instant. Le lendemain, ce serait autre chose. Elle ne réussirait pas à donner le change bien longtemps. Et jamais elle ne pourrait survivre à la proximité dévastatrice d'Alvaro Byrne.

— Vous ne devriez pas prendre les transports en commun à une heure aussi tardive, fit-il en fronçant les sourcils.

— Cela ne me pose aucun problème.

— Vous allez rentrer en voiture. Vous avez travaillé toute la journée comme une forcenée. Je vous dois bien cela, non ?

La lueur dorée étincela dans ses yeux.

— Acceptez, je vous en prie – ne serait-ce que pour me faire plaisir.

Il sortit son smartphone, s'éloigna de quelques pas, dit quelques mots brefs à son interlocuteur, puis revint vers Jade.

— Je peux très bien…

— Vous ne pouvez pas refuser, Juno.

Si seulement il pouvait cesser de l'appeler « Juno »… Mais elle ne pouvait pas l'en empêcher.

— Merci, murmura-t-elle. Ce serait merveilleux.

— Merveilleux ?

Il la regarda un long moment en plissant les yeux, et elle eut envie de disparaître sous terre.

Pourquoi avoir employé ce qualificatif… ? Au lieu de calmer le jeu, elle avait probablement attisé le courant qui vibrait entre eux.

— OK, reprit-il lentement, pince-sans-rire. C'est parti pour le « merveilleux ».

3.

Jade enfila son manteau, tira la poignée de sa valise et suivit Alvaro en direction de l'ascenseur.

À dire vrai, elle était immensément soulagée de faire le trajet en taxi. Elle avait hâte de se mettre au lit et de dormir.

Une fois dans la cabine, ils n'échangèrent pas un mot, et elle évita soigneusement de croiser son regard.

Elle sortit de l'ascenseur derrière lui, de plus en plus impatiente de s'éloigner de cet homme dont la proximité la troublait malgré elle. Il était trop grand, son charisme, trop intense, trop magnétique.

Une voiture de sport noire était garée le long du trottoir. Le type de cabriolet racé et puissant capable de rouler à des vitesses insensées.

Pour la plus grande horreur de Jade, Alvaro contourna le véhicule, ouvrit la portière et s'installa au volant. Comme elle restait figée sur le trottoir, il baissa la vitre du côté passager.

— Montez.

— Je croyais que vous aviez appelé un taxi…

— Non, j'ai demandé au gardien de l'immeuble de sortir ma voiture.

— Vous me raccompagnez chez moi ? demanda-t-elle d'une voix faible.

La perspective de passer davantage de temps avec lui aurait dû la terrifier, or c'était de l'excitation pure qui courait dans ses veines.

Quelle situation embarrassante.

Et ce désir qui ne la quittait pas…

Elle contempla le cabriolet noir, Alvaro, et s'efforça de ne pas fondre sous la chaleur de son regard.

— Vous ne risquez rien avec moi, vous savez ? dit-il enfin. Ce n'est pas dans mes habitudes de harceler mes employées.

— Je ne vous prenais pas pour un harceleur, rétorqua-t-elle, mortifiée.

— Alors, voyez cela comme une façon de m'excuser et de vous montrer ma reconnaissance. Mais si vous préférez que je vous appelle un taxi…

— Non, non, fit-elle aussitôt. J'ai été surprise, voilà tout. Vous aussi, vous avez eu une journée fatigante.

Sans plus attendre, elle déposa sa valise à l'arrière, prit place sur le siège en cuir anthracite, boucla sa ceinture, puis regarda résolument devant elle.

— Si vous voulez bien m'indiquer votre adresse…, dit-il d'un ton neutre en démarrant.

Elle répéta l'adresse apprise par cœur, qu'Alvaro entra dans le GPS. Le véhicule semblait glisser sans bruit sur la chaussée… Le moteur était électrique.

Soudain rattrapée par la fatigue, Jade appuya la nuque contre le repose-tête et se détendit. Mais comme ses paupières se fermaient toutes seules…

— C'est votre estomac qui proteste ? demanda Alvaro en riant.

Quand il tourna la tête vers elle, les yeux pétillant de malice, elle n'y tint plus et rit à son tour.

— Vous n'avez rien mangé de la journée, dit-il d'un ton de reproche. Vous êtes restée scotchée devant votre ordinateur.

Elle le dévisagea avec stupeur. Il avait remarqué cela ?

— Si j'étais sortie de l'immeuble, vous auriez pu m'empêcher de rentrer, répondit-elle. Et puis vous non plus, vous n'avez quasiment pas quitté votre bureau.

— Vous me surveilliez du coin de l'œil ? demanda-t-il en haussant un sourcil.

— Disons que je gardais prudemment un œil sur une éventuelle menace, oui.

— Une menace ? D'un type inoffensif comme moi ?

Comme s'il ne se rendait pas compte de l'effet qu'il produisait sur les gens – et sur les femmes en particulier.

— Ce matin, vous aviez bel et bien l'intention de me mettre à la porte, répondit-elle. Et j'ai besoin de ce travail.

— Vous pouvez compter dessus, dit-il en reprenant son sérieux. Mais moi je me suis fait livrer à déjeuner, pas vous. Alors vous devez manger quelque chose. Maintenant.

— Je vais le faire, ne vous inquiétez pas.

Juno avait-elle des provisions chez elle ? Il y avait peut-être une boutique à proximité de l'appartement, mais elle n'avait pas d'argent pour acheter quoi que ce soit.

— Appuyez sur ce bouton.

— Pardon ?

Il se pencha devant elle et appuya sur un bouton à peine visible. La boîte à gants s'ouvrit lentement, éclairée de l'intérieur.

— Oh…

Sidérée, elle contempla le contenu bien rangé de l'espace étonnamment grand.

— Servez-vous.

— Vous avez souvent faim ?

— Drôle de question… Vous avez vu mon gabarit ?

Elle s'interdit de poser les yeux sur son corps musclé, elle était déjà bien trop consciente de son *gabarit*, justement, et de l'aura virile qui émanait de sa silhouette athlétique.

Pour éviter les pensées déplacées, elle se concentra sur le contenu de la boîte à gants.

— Qu'est-ce que c'est ? demanda-t-elle en prenant un petit paquet long et rectangulaire à l'emballage coloré.

— Une barre protéinée. Comme toutes celles que vous voyez là.

— Vous en avez sur vous, aussi ?

— Bien sûr. Si je reste trop longtemps sans faire le plein, je deviens un type épouvantable.

Elle éclata de rire. Impossible d'imaginer Alvaro *épouvantable*.

— Alors vous tenez votre stock de barres protéinées à jour, si je comprends bien ?

— Oui. J'ai aussi des barres aux fruits, parfois des chocolatées…

— Je vois, murmura-t-elle en contemplant le stock impressionnant. C'est votre kit de survivaliste, en somme.

— Pour me préparer à l'apocalypse zombie ?

Se penchant de nouveau, il prit une barre enveloppée de papier rouge et noir qu'il déchira avec adresse, avant de mordre dedans tout en conduisant.

— Vous n'avez jamais eu faim pendant plusieurs jours d'affilée ? demanda-t-il au bout d'un moment.

— Non.

Préparés avec soin par les chefs du palais, ses repas étaient toujours parfaitement équilibrés. Et elle avait droit, depuis sa plus tendre enfance, à des bilans de santé mensuels effectués par le médecin du palais.

Ce qui était franchement exagéré…

— Ce n'est pas une sensation agréable, dit-il.

Elle le regarda d'un air interrogateur, mais, trop occupé à mâcher, il n'ajouta rien.

Elle comprit qu'il avait connu la faim. Alors qu'elle-même venait de se plaindre intérieurement des privilèges dont elle jouissait au palais.

— Allez-y, goûtez, l'encouragea-t-il tout à coup en baissant les yeux sur la barre qu'elle tenait à la main. Oubliez la politesse – je sais que vous mourez de faim.

Délicatement, elle déchira le papier et mordit dans la barre.

— Alors ? demanda-t-il d'une voix rieuse.

— C'est… Ce n'est pas mauvais du tout.

— Je sais. Prenez-en une autre pour plus tard.

— Je ne peux pas.

— Pourquoi ? Vous voyez bien que j'en ai des tas.

— Vous les mangez toutes, ou vous êtes obligé d'en jeter de temps en temps ?

— Rien ne va à la poubelle. Quand la date de péremption

approche, je les donne. Je ne jette jamais de nourriture, dit-il en secouant la tête.

Alvaro n'évoquait jamais son passé, ne répondait jamais aux questions personnelles, ne faisait jamais la moindre allusion à ce qu'il avait vécu. Cela ne regardait personne.

Pourtant, il était en train de confier des détails concernant sa vie privée à Juno Monroyale. Une employée. Mais peu importait, au fond. Elle le prendrait pour un homme des cavernes, voilà tout. Un ogre.

Il essaya de clarifier ses pensées mais des effluves vanillés lui caressaient les narines, l'empêchant de se concentrer. Il avait déjà remarqué le parfum subtil et raffiné de Juno, mais là, dans l'espace confiné de l'habitacle, la note poudrée ressortait, envoûtante, sensuelle. Il *adorait* la vanille.

Silencieuse, Juno regardait de nouveau droit devant elle. Un peu plus tôt, quand elle avait tourné la tête vers lui en souriant franchement, il avait failli quitter la chaussée. Mais elle s'était reprise et contenait ses émotions. Elle était plus sensible, plus instinctive qu'il ne l'avait cru au premier abord. Mais la plupart du temps, elle faisait preuve d'une stupéfiante maîtrise d'elle.

Il percevait un côté vulnérable chez elle. Ce qui était stupide puisqu'elle se débrouillait manifestement très bien toute seule. Alors pourquoi cette sensation persistante qu'elle lui cachait quelque chose ? Pourquoi ne pouvait-il s'empêcher de se poser toutes sortes de questions à son sujet ? Cela venait peut-être du tsunami qu'elle avait déclenché sur les réseaux sociaux.

Il aurait dû supprimer cette vieille application depuis longtemps. Mais cela avait été son premier succès et il répugnait à s'en séparer. Lorsque son projet initial – devenir sportif professionnel – avait été anéanti pour cause de blessure aux ligaments d'un genou, la petite idée née à l'époque où il était capitaine des équipes de base-ball, de foot et de volley s'était développée toute seule. À ce moment-là, il ne s'agissait pas seulement pour lui de survivre, mais de se sortir de la pauvreté infernale dans lequel il vivait depuis toujours. D'échapper à l'insécurité, à la précarité, pour lui et pour Ellen, laquelle n'était plus toute jeune. Et il y était parvenu. Sans l'aide de personne. Uniquement grâce à une indépendance et à une détermination farouches.

— Vous habitez là ? demanda-t-il en fronçant les sourcils.

Juno ne répondit pas. La sensation de malaise s'accrut. L'immeuble décrépit, situé dans l'un des quartiers pauvres du Queens, avait manifestement été abandonné par son propriétaire. Pas vraiment un palais pour une princesse.

Il se gara contre le trottoir et regarda les alentours mal éclairés et peu reluisants.

— Merci de m'avoir raccompagnée. Je vous en suis très reconnaissante, dit-elle d'un ton dégagé frisant la condescendance.

Mais il descendait déjà de voiture. Pas question de la laisser seule à une heure pareille dans cet environnement sinistre.

Il prit la petite valise, suivit Juno qui montait les quelques marches et la regarda fouiller dans son sac en cuir râpé.

— Quelque chose ne va pas ? demanda-t-il finalement en la voyant plisser le front.

— Non, tout va très bien, répondit-elle, crispée.

Sortant enfin un trousseau de clés, elle en glissa une dans la serrure, sans résultat.

— Je peux vous aider ?

— Je ne..., commença-t-elle, l'air mortifié. C'est une vieille serrure, et parfois j'ai du mal à...

— Laissez-moi essayer, l'interrompit-il.

Elle lui tendit la clé en silence.

— Vous n'avez pas de gardien ? demanda-t-il en jetant un coup d'œil dans la rue adjacente.

La pensée qu'elle puisse rentrer dans ce quartier seule et tard le soir lui était insupportable.

— Non, répondit-elle dans un murmure.

— Mais vous êtes une princesse, une riche héritière !

— Pas vraiment... L'ordre de succession a été modifié après que ma mère et moi sommes parties.

— Vous voulez dire que vous vous êtes retrouvée seule et sans défense ?

Et sans beaucoup de ressources, manifestement.

Cette fichue clé allait-elle se décider à tourner, oui ou non ? La serrure était toute rouillée…

Concernant la situation du pays natal de Juno, Alvaro ne savait pas grand-chose, mais elle avait apparemment été victime d'une injustice.

Il la sentit se raidir à côté de lui.

— Je me débrouille très bien toute seule.

Puis Alvaro réussit enfin à ouvrir la porte, et Jade franchit le seuil.

Quel mensonge… Comment pouvait-elle affirmer qu'elle se débrouillait très bien alors qu'elle ne savait même pas vraiment où se trouvait l'appartement de Juno ?

Paniquée, elle contrôla à grand-peine la fébrilité qui montait en elle. Elle n'avait pas d'argent et ne savait pas où trouver à manger. Et maintenant, elle allait devoir retourner au bureau et continuer à se faire passer pour Juno, la championne des réseaux sociaux débrouillarde et futée.

Jade ne s'était pas préparé un seul repas de sa vie. Tout avait toujours été acheté, préparé, organisé pour elle. Elle était incapable de se débrouiller pour survivre. Elle était supposée s'installer chez sa sœur et vivre de pizzas et de beignets sans être jugée par quiconque. Se balader et jouer les touristes, se gaver d'illuminations de Noël et de friandises… C'était censé être son escapade secrète, quelques jours de liberté totale, dans l'anonymat le plus complet.

Au lieu de cela…

— Ils n'avaient pas le droit de vous priver de vos droits de naissance, Juno. De vous dénier votre identité et votre place dans le monde.

De toute évidence, il savait de quoi il parlait. L'émotion qui teintait sa voix grave en disait long.

— Je sais, dit Jade dans un souffle.

La culpabilité la rongeait. Elle se maudissait de lui mentir ainsi. Mais l'empathie qu'elle sentait chez Alvaro l'attirait inexorablement vers lui. Elle éprouvait un irrépressible besoin de se rapprocher de lui, de se noyer dans sa force et sa chaleur viriles. Pas par envie de sécurité, non. Il s'agissait d'un désir bien plus charnel, et autrement plus dangereux.

Elle ne s'y laissa pas aller, naturellement. Elle se raidit et avança d'un pas dans le hall d'entrée. Jamais elle ne prendrait le risque de mettre le poste de Juno en péril. Mais pourquoi sa jumelle n'avait pas fait la moindre allusion à la beauté scandaleuse d'Alvaro ? Si elle avait été prévenue, elle se serait préparée et aurait été mieux armée pour résister à son charme envoûtant.

— Bonne nuit, Juno.

Une fois encore, elle se retrouva à court de mots. Face à cet homme superbe, ses bonnes manières et son éducation raffinée paraissaient si… dérisoires.

Dans l'incapacité de trouver une réplique appropriée, elle hocha la tête, tourna les talons et referma la porte, avant de s'y adosser pour ne pas être tentée de la rouvrir pour dire une bêtise.

Pourquoi maintenant ? Pourquoi lui ?

Le roi Leonardo de Severene, désigné par son père et ses conseillers comme l'époux approprié, était séduisant, certes. Il plaisait énormément aux femmes. Mais lorsqu'ils se voyaient, jamais elle n'avait senti son corps crépiter ainsi, vibrer, réclamer. Alors que dès qu'elle se trouvait à proximité d'Alvaro, une chaleur délicieuse, un désir brûlant la consumaient tout entière et prenaient possession de tout son corps, y compris des endroits les plus intimes.

Comment endurer le supplice qui l'attendait ? Revoir Alvaro Byrne, plusieurs jours d'affilée, le côtoyer, travailler avec lui…

Impossible. Elle n'y survivrait pas.

4.

— Tu as vraiment fait un boulot remarquable hier, dit Sophy, la responsable du marketing, à Jade. C'est ta franchise, la transparence de tes réponses que les gens ont appréciées.

Jade n'était ni franche ni transparente. Elle mentait en permanence à Sophy et à toute l'équipe. À Alvaro. Elle ne supportait pas de le regarder, là, assis à sa gauche, pourtant elle ne pouvait s'empêcher de tourner les yeux vers lui au moindre prétexte. La chaleur continuait de pulser en elle. Le désir frémissait dans les moindres cellules de son corps.

— Tout le monde est d'accord pour se passer de la pause déjeuner ? J'ai commandé de quoi nous restaurer. Alors c'est OK, traiteur pour tous ?

Des acclamations ravies montèrent de toutes parts, et l'estomac de Jade se joignit au concert. En fait, le réfrigérateur de Juno était pratiquement vide si bien qu'elle mourait à nouveau de faim. Pour ne rien arranger, ayant eu du mal à se repérer dans le métro, elle était arrivée en retard, et Alvaro l'attendait devant son bureau – enfin, celui de Juno – pour la convier à cette réunion qui n'en finissait pas avec tout un tas de gens qu'elle ne connaissait évidemment pas.

— Manger est important, fit Alvaro.

Il la regarda en poursuivant :

— Nous avons tous besoin d'énergie. Et puis c'est notre dernière semaine avant les congés de Noël, non ?

Elle tressaillit. Devinant qu'elle n'avait rien avalé ou presque depuis la veille, il avait organisé ce déjeuner surprise *pour elle*. Pour s'assurer qu'elle mange quelque chose.

— Plus vite nous en aurons terminé avec le relooking de l'appli, plus tôt nous nous arrêterons, ajouta t il.

— Tu peux nous préparer une proposition, PJ ? demanda Sophy, usant du surnom habituellement réservé à la « princesse Juno ». Pas la peine de la chiffrer en détail. Comme ça, je pourrai laisser le projet mûrir pendant les congés de Noël.

— Pas de problème, je m'en occupe.

À condition de se rappeler tout ce qui avait été dit au cours de la réunion et sur quoi portait la proposition qu'elle était censée préparer… Ensuite, il lui faudrait faire des recherches en ligne pour savoir comment « formuler une proposition ».

— Tu t'es fait poser des extensions ?

Grace s'arrêta à côté de Jade alors qu'ils s'apprêtaient à quitter enfin la salle de réunion, trois heures plus tard.

— Pardon ?

Levant la main, Jade se rendit compte qu'une mèche échappée de son chignon pendait sur une épaule.

— Ah oui ! Je n'y pensais déjà plus…

— C'est superbe. J'adore la longueur et la couleur.

— Merci.

Comme par hasard, son regard coulissa et croisa encore une fois celui d'Alvaro. Ses sens paraissaient être reliés à lui, la vision et l'ouïe, mais surtout, le besoin – brut et déplacé – de toucher et d'être touchée.

Même après qu'il se fut enfermé dans son bureau, elle ressentait encore le magnétisme presque… *animal* qui exsudait de lui et l'empêchait de se concentrer. Elle avait l'impression d'être enveloppée dans un cocon de brume chaude et sensuelle. Toutes ses pensées la ramenaient à cet homme magnifique. C'était *offensant*, principalement parce que le processus échappait à son contrôle.

Les hommes ne manquaient pas, au bureau. Il y avait entre autres les coachs personnels, qui travaillaient à l'entresol, à la salle de sport, et se promenaient en jouant des muscles. Mais aucun d'eux ne produisait cet effet dévastateur sur elle. Seul Alvaro Byrne détenait ce malencontreux pouvoir.

En outre, il était conscient des réactions que sa présence faisait naître en elle. Elle le voyait à cet imperceptible sourire en coin impossiblement arrogant, à la lueur dorée couvant dans les yeux d'ambre. Comme s'il lisait en elle, comme s'il l'avait percée à jour.

Comme s'il savait, ou pour le moins soupçonnait, que quelque chose n'allait pas.

Et il avait raison.

Elle ne voulait pas salir la réputation de Juno, mais elle ne se sentait pas capable de mentir indéfiniment. En fait de discrétion et d'incognito, elle s'était rendue encore plus populaire, et ce qui avait été au départ une erreur anodine provoquait de plus en plus de réactions en chaîne. Les commentaires continuaient d'affluer en masse. Le bulletin d'information en ligne avait renouvelé sa demande d'interview…

Mais le plus atroce, c'était le combat qui faisait rage en Jade. Elle se targuait de contenir ses émotions, de rester calme et polie en toutes circonstances, de contrôler ses pensées et de faire son travail. Mais toute sa maîtrise d'elle-même s'était envolée dès l'instant où elle avait rencontré Alvaro Byrne.

Et depuis qu'elle avait entrevu l'homme qui se dissimulait derrière le P-DG, il lui était impossible de rester fâchée contre lui ou de lui dire « non ». Parce qu'elle savait désormais qu'elle n'avait pas affaire à un tyran sourd et aveugle. Il écoutait vraiment, voyait vraiment. Il s'était même *excusé*.

Il n'en demeurait cependant pas moins le P-DG, aussi devait-elle s'immuniser contre le désir. Parce que cet homme lui était inaccessible, pour toutes sortes de raisons.

Décidément, quelque chose clochait. Notamment chez lui.

Cela faisait en effet deux jours qu'Alvaro était obsédé par cette femme. En permanence. Heureusement, l'entreprise fermait pour Noël. Ces quelques jours de solitude lui permettraient de se calmer – mentalement et physiquement.

Il ne batifolait pas avec ses employées. Il ne mélangeait pas le travail et le sexe. Jamais. Ce n'étaient pas les occasions qui lui avaient manqué, pourtant. Il avait notamment dû être très vigilant et garder ses distances avec une nouvelle recrue qui lui avait fait des avances.

La séduction était pour lui un sport comme un autre, et il jouait toujours pour gagner. Cependant, il avait mûri depuis l'époque où il prenait tout ce qui lui était offert. Il avait vite appris qu'il était plus simple de rester célibataire. Ses activités professionnelles l'absorbaient beaucoup trop pour respecter un quelconque engagement et satisfaire les attentes d'une partenaire à long terme. Désormais, il se limitait à de brèves aventures occasionnelles avec des femmes désirant la même chose que lui. Du plaisir sans attaches. Sans promesses et sans espoir de mariage romantique à la clé. Et sans scènes de ménage.

Quant à Juno, c'était une employée doublée d'une princesse – bannie de son royaume, mais princesse tout de même. Autrement dit, elle appartenait à un domaine interdit.

Pourtant, il ne pouvait se débarrasser de l'attirance qu'il éprouvait pour elle. Depuis leur première rencontre orageuse, le désir et la tentation avaient crû de jour en jour. Ainsi que la curiosité – pas uniquement sexuelle – que cette femme faisait naître en lui.

Pourquoi la princesse rebelle se battait-elle en vain avec la serrure de la porte de son immeuble ? Pourquoi cet air paniqué quand elle était arrivée en retard le lendemain matin ? Et puis, sans pouvoir en être certain, il la soupçonnait de ne pas manger à sa faim. Il l'avait vue prendre trop de cafés au bureau, y ajoutant des quantités industrielles de sucre et de crème – comme si cela pouvait remplacer un repas…

C'était ce soupçon qui l'avait incité à commander à déjeuner pour toute l'équipe. Juste au cas où. Il avait recommencé chaque jour, faisant passer cela pour une nouvelle tradition de Noël.

Par moments, Juno semblait ailleurs, à des milliers de

kilomètres. À tel point qu'une fois Sophy avait dû répéter son prénom à deux reprises avant qu'elle ne réagisse – et s'excuse aussitôt avec un sourire poli.

Et ce calme, cette réserve, alors qu'il savait que, sous la façade sereine, une guerrière se dissimulait. Il voulait voir rejaillir la flamme qui l'avait séduit le lundi matin. Au lieu de cela, Juno se consacrait tout entière à la préparation de la stupide proposition réclamée par Sophy.

De toute façon, il devait résister au désir de la provoquer, de faire resurgir la fougue et la détermination farouches qui n'étaient qu'endormies sous ce calme trop lisse, trop parfait.

Où était passée la princesse rebelle dont les posts tapageurs faisaient des ravages sur les réseaux sociaux ?

Et lui, pourquoi se posait-il toutes ces questions ? Il n'avait pas de temps à perdre en divagations mentales. Ces quelques jours de congé lui nettoieraient le cerveau. Changer d'année lui ferait du bien.

Par association d'idées, il pensa à Ellen et ouvrit sa messagerie pour vérifier que ses commandes étaient bien arrivées à destination. Elle avait toujours travaillé à Noël. Lui aussi, dès qu'il l'avait pu. Tous les bordereaux de livraison ayant été signés, il repoussa son fauteuil et se leva. On était le jeudi soir et il avait tenu bon. Il n'avait pas approché Juno, ne s'était pas attardé sur le pantalon moulant noir et le chemisier blanc immaculé. Il avait ignoré le désir de la toucher, refoulé les images de son corps nu et mince, aux courbes ravissantes…

Ce soir, les employés allaient faire la fête ensemble. Jamais il ne s'était à ce point réjoui de fermer l'entreprise quelques jours avant Noël. Il demanda à son assistant de transmettre ses bons souhaits aux autres, sachant qu'ils ne seraient pas étonnés qu'il ne se joigne pas à eux. Ils avaient l'habitude.

Quelques instants plus tard, il descendit à la salle de sport, déterminé à se débarrasser de la tension qui l'habitait. Quand il remonterait à l'étage des bureaux, l'objet de ses tourments serait parti et il connaîtrait enfin la paix. En attendant, l'évitement était la meilleure stratégie.

Mais lorsqu'il revint, cinquante minutes plus tard, en short et débardeur, Juno était toujours là, concentrée sur son écran, l'air serein, et seule.

Tous avaient déserté les lieux. Sauf elle.

— Qu'est-ce que vous faites ? s'exclama-t-il, exaspéré.

— Oh !

Elle pivota dans son fauteuil et le regarda en écarquillant ses grands yeux verts.

Et voilà, retour à la case départ… La chaleur infernale déferla en lui tandis qu'elle le contemplait comme si elle voyait un homme pour la première fois de sa vie.

Il se raidit au maximum, pour endiguer la réaction immédiate de sa libido.

— Je croyais que vous vous étiez entraîné ce matin…

Lorsqu'elle s'interrompit, les joues en feu, il ne put retenir un léger sourire. Ainsi, elle avait remarqué sa routine quotidienne. Parfait. L'obsession était réciproque.

— En effet, dit-il. Je m'entraîne deux fois par jour. C'est ma façon de gérer le stress.

Et une discipline qu'il s'imposait depuis l'adolescence. Il avait appris que, s'il voulait arriver à quelque chose, il devait travailler plus dur, plus longtemps, plus fort que ses concurrents. Sauf que, cette fois, son adversaire était sa propre libido. Laquelle l'avait contraint à s'infliger une séance supplémentaire en milieu de journée dans l'espoir de dépenser l'excès d'énergie qui menaçait de l'étouffer.

— Je suis désolée que vous soyez stressé. Je n'ai pas dû vous aider à vous détendre.

Elle ne croyait pas si bien dire. Même si elle se trompait sur la nature de son excès de stress.

— J'y suis habitué, répondit-il avec un haussement d'épaules. Deux fois par jour tous les jours. J'aime ça.

Les joues claires s'empourprèrent à nouveau. S'intéressait-elle à ce qu'il *aimait* ? À ce qui lui faisait du bien ? Parce que, franchement, le meilleur moyen d'évacuer le stress, c'était de se livrer à l'acte le plus primaire, le plus animal…

Pensait-elle au sexe ? Parce que lui, oui. Comme un fou.

— Pourquoi êtes-vous encore devant votre ordinateur ? demanda-t-il d'une voix délibérément dure. Les autres sont allés boire un verre ensemble.

— Je sais, dit-elle, l'air pincé. Mais je souhaitais terminer ce premier jet avant de partir.

— Vous avez encore demain matin.

— Je ne veux pas prendre le risque de tout bâcler à la dernière minute. J'aime le travail bien fait.

La princesse rebelle métamorphosée en employée modèle ? La noceuse infatigable restant bosser dans son coin pendant que ses collègues faisaient la fête ?

— Vous n'allez pas les rejoindre ? demanda-t-elle d'une voix mal assurée tandis qu'il la dévisageait en silence.

— Je suis leur boss. Ils s'amuseront bien mieux sans moi.

Jade se leva, les nerfs tendus à craquer. Il fallait qu'elle s'en aille, loin de cet homme impossible.

Le même phénomène se reproduisait que lors de leur première rencontre. Cette fois, il portait un T-shirt, mais ces bras nus, ces jambes… Ces cuisses… Cette peau hâlée…

Des images torrides défilaient dans son esprit surchauffé. Pendant ces quatre jours passés au bureau, elle avait lutté contre l'attirance absurde qu'elle ressentait pour lui. Tous les collègues de Juno admiraient Alvaro Byrne et lui étaient entièrement dévoués. Pas étonnant qu'ils aient appelé Juno les uns après les autres lorsque son post avait semé la zizanie.

Oui, elle devait partir. Maintenant. Avant de commettre l'irréparable.

— Ça va, Juno ? demanda Alvaro d'une voix douce.

Elle ferma les yeux. Elle ne supportait plus de s'entendre appeler « Juno ». Elle détestait avoir menti à tout le monde, mais surtout à lui. Et elle se détestait de se soucier autant de l'opinion qu'il avait d'elle.

— Je n'ai pas l'habitude de…

D'être face à un homme magnifique. Aussi près de moi.

Elle ouvrit les yeux et soupira.

— Je suis un peu fatiguée, c'est tout.

— Vous avez eu une semaine difficile.

Le front plissé, il la regardait maintenant d'un air inquiet.

— Que faites-vous pour vous détendre, si vous ne fréquentez ni les bars ni les salles de sport… ?

Pétrifiée, elle le dévisagea en silence. La seule autre possibilité qui lui venait à l'esprit était un acte qu'elle n'avait jamais pratiqué. Avec personne.

D'où lui était venue cette pensée choquante ? Pourquoi s'incrustait-elle dans son esprit ?

— Qu'allez-vous faire, en sortant d'ici ? demanda-t-il. Vous êtes épuisée, ne dites pas le contraire.

Elle qui avait cru donner le change, c'était raté.

— Vous êtes toute pâle. Quand avez-vous mangé pour la dernière fois ?

— Vers 17 heures. Une barre protéinée avec un thé.

— Ce n'est pas suffisant, décréta-t-il en secouant légèrement la tête.

— Une barre protéinée, c'est très nourrissant.

— Mais pas suffisant.

— Mon moteur n'a peut-être pas besoin d'autant de carburant que vous.

Il plongea son regard dans le sien.

— Tous les moteurs ont besoin de carburant de bonne qualité. Et d'exercice, approprié et régulier.

Elle réprima un tressaillement. Elle interprétait ses paroles de travers, y percevait des sous-entendus terriblement inconvenants.

— Vous vous souciez autant de la santé de tous vos employés ? répondit-elle avec un petit rire forcé.

La lueur dorée s'éteignit, son regard se durcit.

— Vous avez traversé des moments difficiles, ces jours-ci. Je tiens à m'assurer que vous allez bien.

— Je vais bien, répondit-elle, crispée. Merci.

— C'est sûr ?

Cet échange ne ressemblait pas à une conversation normale entre patron et employé, ni entre collègues, ni même entre amis. Une tension épaississait l'atmosphère. Son cœur battait à tout rompre. Le désir se déployait en elle, à en avoir le vertige. Toute pensée rationnelle avait quitté son esprit. Seule restait la tentation.

Ses jambes se mirent à trembler. Comme dans un rêve, elle vit Alvaro lever la main vers son visage, tirer doucement une mèche de cheveux à moitié échappée du chignon et la laisser glisser entre ses longs doigts. Elle retint son souffle, de crainte de faire disparaître le mirage.

— Si longs… Si doux…, murmura-t-il. Je n'arrive pas à croire que ce ne sont pas des vrais.

Son cœur se serra. Il l'avait entendue mentir, encore et encore. Comment avait-elle pu penser que cet échange de places était une bonne idée ? D'un autre côté, si elle avait refusé la proposition de Juno, elle n'aurait jamais rencontré Alvaro, ni vécu ces instants.

— Je…

Il battit des cils et laissa sa main retomber.

Soudain, s'enferrer dans le mensonge parut impossible à Jade.

— Ils sont vrais, dit-elle tout bas.

— Pardon ? fit-il, aussi immobile qu'une statue.

— Mes cheveux… Ce sont des vrais. Les miens.

— Mais…, fit-il en fronçant les sourcils.

— Je ne suis pas Juno.

La bouche d'Alvaro s'entrouvrit. Un léger pli creusa son haut front.

— Je ne…

Elle s'interrompit, horrifiée mais incapable de retenir l'aveu qui lui montait aux lèvres. Elle ne le souhaitait même pas. Elle voulait, avait *besoin* qu'il sache la vérité.

— Je ne suis pas Juno Monroyale.

— Quoi ?

Il écarquilla les yeux ; son regard s'aiguisa.

— Je suis sa sœur.

Durant un moment interminable, ils restèrent immobiles face à face. Mais Jade n'était pas dupe du calme apparent d'Alvaro. La chaleur irradiait de son corps en ondes presque menaçantes.

Mais au lieu de paroles cinglantes, ce fut un chuchotement qui franchit les lèvres sensuelles.

— Si vous n'êtes pas Juno…

Elle était Jade. La reine de Monrova. Maintenant qu'elle avait soulagé sa conscience, elle aurait dû se sentir mieux. Un sentiment de désolation et de froid l'avait au contraire envahie.

— Cela signifie que…

S'interrompant de nouveau, il scruta son regard, puis battit des paupières. Ce fut comme un déclic. L'instant d'après, une émotion d'une intensité formidable incendiait ses yeux.

— Si vous n'êtes pas Juno, dit-il d'une voix rauque, vous n'êtes pas non plus mon employée.

Sur ces paroles, il fit un pas vers elle, et le sentiment de désolation et de froid fut instantanément remplacé par une pléiade de sensations brûlantes.

— Et si je ne suis pas votre employeur…, fit-il comme s'il se parlait à lui-même.

Il referma la main sur la taille de Jade, si fermement que son cœur s'emballa. Envoûtée par son regard, elle ne pouvait ni bouger ni prononcer un mot. Elle entrouvrit les lèvres, sans pour autant parvenir à respirer. Le désir la submergeait, si puissant qu'il balayait toute hésitation, toute prudence, toute lucidité ou raison. Elle n'entendait que les battements sauvages de son cœur, ne voulait qu'une chose : goûter à ce qu'elle brûlait de connaître depuis le premier instant où elle avait aperçu Alvaro.

Lentement, il l'attira vers lui. Ses seins se retrouvèrent pressés contre le torse musclé. Puis il leva l'autre main et la referma sur sa nuque.

Ils n'avaient plus besoin de mots. Ils savaient tous les deux que ce qui se passait entre eux était inéluctable.

Lentement, il pencha la tête… Elle laissa échapper un petit halètement qui mourut sur les lèvres douces et fermes qui prenaient possession des siennes. La force, la sensualité d'Alvaro la firent trembler. Aussitôt, il resserra son étreinte et la serra plus intensément encore contre lui. Elle fut emportée dans une spirale incandescente, un tourbillon de sensations inconnues. Incapable de résister à la marée qui déferlait en elle, elle répondit à son baiser avec passion et s'accrocha à ses solides épaules pour ne pas céder au vertige.

D'un mouvement rapide, il pivota sur lui-même en la gardant serrée contre lui, si bien qu'elle se retrouva contre la cloison. Une digue semblait s'être rompue en lui. Il dévorait sa bouche sans retenue, caressait ses lèvres, sa langue, avec un enivrant mélange de fougue et de douceur tandis que, petit à petit, Jade se laissait complètement aller au désir qui la consumait. Les moindres cellules de son corps pétillaient, comme débordant d'une mystérieuse énergie.

Les baisers devinrent plus carnassiers. Plus brûlants. Il y avait quelque chose de vorace dans l'ardeur avec laquelle Alvaro explorait sa bouche. Il l'embrassait comme s'il avait attendu ce moment depuis une éternité, et elle lui rendait ses baisers avec la même fougue parce que, de son côté, elle brûlait de l'embrasser depuis l'instant où il était apparu devant elle dans sa virile magnificence.

Elle glissa les doigts dans les cheveux épais et un peu longs sur la nuque, tandis que lui glissait les siens sous son chemisier. Il lui caressa la taille, remonta vers son buste. Elle s'abandonna aux sensations qui fusaient en elle et couraient sur sa peau. Elle voulait qu'il la touche partout, aux endroits les plus secrets de son corps.

Basculant les hanches en avant, elle ferma les yeux pour mieux sentir l'impressionnante érection. Le plaisir se déploya, la faisant vibrer au plus intime de sa féminité. Le désir s'accrut, son sexe se mit à palpiter.

La main d'Alvaro sur son sein ; la caresse du pouce sur

son mamelon gonflé ; le besoin d'être nue pour lui. Tout se mêlait, la consumait.

— *Alvaro...*

Écartant sa bouche de la sienne, il déposa une nuée de petits baisers sur son visage, descendit vers son cou en même temps qu'il pressait les hanches contre les siennes. Jamais elle n'avait éprouvé pareille excitation, pareille ivresse. Jamais elle n'avait ressenti de désir aussi intense et absolu.

Lorsque, poursuivant sa grisante exploration, il referma soudain les lèvres sur son mamelon, l'aspira goulûment puis le mordilla, elle poussa un cri. De pure volupté.

Mais brusquement, il se redressa et laissa retomber ses bras. Jade faillit s'effondrer sur place.

Une sensation de froid l'envahit. Elle appuya ses paumes contre la paroi pour ne pas perdre l'équilibre et vit, comme sous l'effet d'un charme, l'amant passionné se muer en étranger furieux.

Le souffle court, les yeux animés d'une lueur sauvage, il la foudroya du regard.

— Si tu n'es pas Juno, tu es forcément...

— Jade, murmura-t-elle.

Les poings serrés, il la toisa de toute sa hauteur.

— La sœur jumelle de Juno Monroyale.

— Oui, répondit-elle, épouvantée par la rage incendiant son regard. Je suis désolée...

Atterrée, elle comprit soudain l'horreur de sa situation.

— C'est elle que tu désirais embrasser.

— Pardon ? *Non !* se récria-t-il en plissant le front. Je n'ai jamais eu envie d'embrasser Juno. Je n'ai jamais rêvé de la convoquer dans mon bureau, de refermer la porte et de baisser les stores, avant de la prendre dans mes bras, de lui arracher ses vêtements et de...

Il s'interrompit et se passa la main dans les cheveux en laissant échapper un juron.

Elle le contempla en silence. La sensation délicieuse courait de nouveau sur sa peau, le désir palpitait en elle...

— Je n'ai jamais imaginé de faire cela avec *aucune* de mes employées, reprit-il plus calmement. Je n'avais encore jamais été incapable de contrôler mes réactions face à une femme.

Une nervosité incroyable s'empara d'elle. Comme si elle attendait le résultat d'un examen dont le résultat serait déterminant pour le cours de son existence.

Elle aurait réussi ou échoué.

Elle aurait gagné le droit de vivre cette expérience unique, ou pas.

Or elle *voulait* la vivre. De toutes ses forces.

De son côté, Alvaro semblait… refroidi. Son retrait était visible. Palpable.

Un atroce sentiment de perte s'abattit sur elle.

— Si tu es Jade, tu es la reine de Monrova.

Une douleur vive lui traversa la poitrine, mais elle s'interdit de flancher.

— Exactement, répondit-elle avec sa politesse habituelle.

Le changement qui s'était opéré dans l'atmosphère avait quelque chose de si glaçant qu'elle réprima un frisson.

Le monde ne s'arrêtait pas de tourner pour autant, se dit-elle résolument. Alvaro la découvrait sous un jour nouveau, voilà tout. Il ne voyait plus en elle une employée. Ni même une femme.

À ses yeux, elle n'était plus que le monarque d'un petit pays lointain.

5.

— Vous avez échangé vos places, dit Alvaro d'un ton neutre. Le week-end dernier.

— Oui, répondit misérablement Jade.

Pourquoi avoir dit la vérité ? Pourquoi avait-elle trahi Juno aussi rapidement ? À peine arrivée à New York, elle s'était laissé aveugler par le désir.

Jamais auparavant elle n'avait laissé un quelconque souhait personnel se mettre en travers de son devoir. Et son devoir présent consistait à protéger Juno. Ce à quoi elle avait échoué lamentablement. Lâchement. Parce qu'elle n'avait pas pu résister à son désir pour Alvaro.

— À quoi jouez-vous, au juste ? Et *pourquoi* ?

— Juno avait besoin de passer un peu de temps à Monrova.

Plutôt faible, comme explication. Mais les raisons de Juno ne regardaient qu'elle.

— Tu as menti, dit-il en serrant de nouveau les poings. À moi et à toute l'équipe.

— Oui, pour protéger ma sœur. J'en suis désolée. Il ne s'agissait pas seulement d'un jeu. C'était bien davantage.

— Tu ne l'as pas fait uniquement pour ta sœur. Pour avoir pris un tel risque, tu avais forcément quelque chose à y gagner. À quoi faisais-tu allusion en disant que « c'était bien davantage » ?

— Ce ne sont que trois petites semaines, dit-elle dans un murmure. Mais elles représentent ma seule chance d'être, ne serait-ce que brièvement, quelqu'un de normal.

— Normal ?

— Aussi normale que Juno et moi pourrons jamais l'être.

Et, oui, elle savait très bien qu'en disant cela elle ne faisait que confirmer son statut privilégié.

Au lieu de le lui faire remarquer, Alvaro acquiesça d'un hochement de tête. Comme s'il la comprenait.

— La seule chance – de toute ta vie ?

— Oui.

— Et ces trois petites semaines, tu les passes à travailler comme une forcenée ? Pour moi ?

— Pour ma sœur. Je ne veux pas qu'elle perde son…

— Elle ne le perdra pas.

— Merci, fit-elle en baissant les yeux.

— Elle est au courant de ce qui est arrivé ?

— Nous n'avons pas été en contact depuis mon départ. Nous avons pensé que ce serait plus sûr.

— Plus sûr ? répéta-t-il, l'air stupéfait. Vous avez pris un risque *énorme*. Je savais bien que quelque chose clochait.

Il soupira.

— Pourquoi me dire la vérité maintenant ?

— Parce que je… J'étais attirée par toi.

— Rien n'est possible entre nous, Jade. Tu es *reine*.

— Cela me rend-il soudainement inhumaine ?

— N'es-tu pas censée être fiancée à un autre ? répondit-il vivement. Ne dois-tu pas épouser un homme de ton rang ?

Elle le dévisagea en silence, sous le choc. Avait-il eu vent des rumeurs concernant le roi Leonardo de Severene ? Un tel mariage satisferait au vœu de son père, et les pourparlers allant dans ce sens progressaient. Après en avoir discuté personnellement avec le roi Leonardo, Jade avait promis à celui-ci de lui dire, à l'occasion du bal d'Hiver, si elle était disposée à s'engager plus avant dans ce projet.

Mais cette discussion avait eu lieu *avant*.

Avant qu'elle n'accepte la folle proposition de Juno et ne s'enfuie, repoussant ainsi le moment de prendre une décision.

Et subitement, la situation se retournait… Elle avait l'occasion de profiter de ces hypothétiques fiançailles pour reprendre ses distances avec Alvaro. Après avoir fait preuve de faiblesse et d'irresponsabilité, elle devait se ressaisir. Sur-le-champ.

Cependant, elle répugnait à lui mentir de nouveau.

— Rien n'a encore été fixé.

— Mais le projet est à l'étude ?

— Plusieurs options sont…

Elle s'interrompit un instant et se força à se concentrer.

— Il s'agit en réalité d'un… arrangement diplomatique. D'une alliance profitable à nos deux pays.

— Tu vas vraiment te marier par devoir ?

— C'est ce qui est attendu de moi, répondit-elle fermement. Ce ne serait pas la première fois que cela se produirait dans l'histoire de la monarchie.

Lorsque, lentement, il se rapprocha d'elle, son corps s'embrasa de nouveau.

— Autrement dit, ce qu'on attend de vous, c'est de produire des héritiers ?

— Naturellement, dit-elle, crispée. Pour la succession.

— Et du même coup, unir vos deux royaumes ? Il s'agit d'une vulgaire transaction économique, en quelque sorte ?

Elle redressa les épaules. Elle ne remettrait jamais le sort de son royaume entre les mains d'un autre, fût-il ami et voisin comme celui de Severene.

— Ton beau prince charmant attend-il de sa reine qu'elle soit vierge ? demanda Alvaro sans dissimuler son dégoût. Cela fait-il partie du contrat ?

— Je pense plutôt qu'il considérerait ma virginité comme un obstacle, répondit-elle, piquée à vif.

Il la dévisagea en écarquillant les yeux, l'air estomaqué.

— Qu'est-ce que tu viens de dire ? demanda-t-il lentement.

De toute évidence, il était choqué par sa sincérité. Mais probablement pas autant qu'elle l'était de son côté.

— Tu as très bien entendu, dit-elle avec calme. Mais pour lui comme pour moi, le sexe se résumerait à un processus purement biologique. Et, Dieu merci, il existe d'autres moyens de concevoir un enfant que le sexe à proprement parler.

— Pardon ? fit-il, éberlué. Tu envisagerais de recourir à l'insémination artificielle ?

— Cela pourrait s'avérer la meilleure option pour nous.

Il la regarda en secouant la tête.

— Tu es vierge. À vingt ans passés.

— Je suis certaine de ne pas être la seule dans ce cas, répondit-t-elle en rosissant. Et je te rappelle que j'ai été très protégée, toute ma vie.

Il la dévisagea un instant en silence, puis détourna les yeux. Le sujet était clos, au grand soulagement de Jade. Mais quand il la regarda de nouveau, une lueur prédatrice couvait dans son regard.

— Avais-tu déjà embrassé un homme, au moins ?

Comme elle ne répondait pas, il s'avança d'un pas en plissant le front.

— Jade ?

Un frisson délicieux la parcourut. La proximité d'Alvaro la réjouissait, elle n'y pouvait rien.

— Jamais ? murmura-t-il.

Il leva la main et lui effleura les lèvres du bout du doigt.

— Je suis désolé. Je t'ai fait mal, tout à l'heure ?

— Non, dit-elle en chuchotant. Tu n'as pas à être désolé.

— C'était un peu plus qu'un baiser…, dit-il avec cet imperceptible petit sourire en coin. Tu as aimé ?

Cette fois, elle devint écarlate.

— Tu le sais déjà…

— Tu surveilles toujours autant ton langage ? Tu fais toujours aussi attention aux termes que tu emploies ?

Le petit sourire s'agrandit, éclairant tout son visage.

— Pas vraiment une tête brûlée, la reine Jade, hein ?

Il se rapprocha encore.

— Pourtant, je crois que c'est exactement ce que tu es.

Doucement, il lui caressa les lèvres du pouce.

— C'était cela, ton but secret ? T'offrir trois semaines de liberté pour pouvoir t'éclater ? Loin de ton palais ?

— Qu'y aurait-il de mal à cela ? répondit-elle en redressant le menton.

Même si elle n'avait jamais eu l'intention de « s'éclater ».

— Pourquoi n'en aurais-je pas le droit ? poursuivit-elle. Le roi Leonardo ne s'est pas privé de vivre à fond. Je ne vois pas pourquoi je ne pourrais pas faire la même chose.

Alvaro plissa de nouveau le front.

— Tu envisages vraiment de l'épouser ?

Elle soutint son regard en silence.

— Tu ne vois pas de mal à batifoler avec moi alors que tu comptes te marier avec un autre ?

— Dès que je serai fiancée à quelqu'un, répondit-elle en se raidissant, je respecterai mes engagements.

— Mais n'es-tu pas déjà engagée dans un projet de mariage avec cet homme ?

— Je ne suis fiancée à personne, déclara-t-elle avec force. Je le ferai en temps voulu. En attendant, je suis *entièrement* libre de mes actes.

Il s'appuya de l'épaule à la cloison et plongea son regard dans le sien.

— Tu joues sur les mots. Tu les manipules pour obtenir ce que tu veux.

— Pourquoi n'aurais-je pas ce que je veux, pour une fois ? Je suis prête à tout donner pour mon pays. Quitte à sacrifier mes désirs personnels.

Elle carra les épaules.

— Mais je n'ai encore rien promis au roi Leonardo. Ni à lui ni à aucun autre homme.

— S'agirait-il d'un mariage purement formel ? Aurais-tu des amants et lui, des maîtresses ?

— Je ne peux parler au nom de quiconque. Mais si je me marie un jour, j'ai la ferme intention d'être fidèle à mon époux.

Elle s'exprimait d'un ton pragmatique, en femme d'affaires, alors qu'en réalité les questions d'Alvaro la mettaient au supplice.

— Je me suis passée de sexe jusqu'à maintenant et je suis certaine de pouvoir m'en passer pendant des décennies.

Sauf qu, à cette pensée, une sensation de froid lui étreignit la poitrine. Il lui avait fallu cette rencontre avec Alvaro pour réaliser la gravité de ses décisions futures.

— Eh bien ! fit-il d'un ton moqueur. Sainte et martyre…

Un éclair traversa les yeux d'ambre.

— Mais tu n'attendras pas la même chose de ton époux ?

— J'attendrai de lui qu'il assume ses choix et ses décisions. Et je n'ai pas l'intention de retourner ses choix ou ses décisions contre lui. Je suis consciente que nous devrons tous les deux faire des sacrifices.

— Je n'ai jamais entendu autant d'âneries ! répondit Alvaro en se redressant, la dominant de toute sa hauteur. Alors, tu vas fermer les yeux sur ses aventures ? Le laisser parader avec ses maîtresses devant toi ?

— Leonardo n'est pas un monstre. Il se soucie de son royaume et s'il désire…

Mon Dieu, elle détestait penser à Leonardo sous cet angle. Pour elle, c'était une sorte de parent éloigné.

— Je suis certaine qu'il usera de discrétion, dit-elle. Nous trouverons un arrangement susceptible de…

— Tu parles d'un arrangement ! Ton mari s'amuse pendant que toi tu te morfonds dans ton coin.

Elle le foudroya du regard.

— Je ne pense pas que le sexe soit la condition *sine qua non* d'une vie épanouie.

Il éclata de rire, ce qui la mit hors d'elle.

— Si j'ai envie d'un orgasme, je peux très bien m'en offrir un moi-même.

— Bien sûr, fit-il, faussement conciliant. Tu le peux et tu devrais t'en offrir… le plus souvent possible.

Mon Dieu, comment avait-elle bien pu se laisser entraîner dans cette conversation scabreuse ?

— Mais…, fit-il en inclinant la tête de côté. Tu sais ce qu'on dit : « Problème partagé, problème diminué de moitié. »

Elle hocha la tête, confuse.

— Et l'on dit aussi : « Plaisir partagé, plaisir amplifié. »

— Je n'ai jamais entendu dire cela.

— Peut-être, mais c'est néanmoins vrai.

Il prit la mèche de cheveux et se l'enroula autour du doigt.

— Et tu ne l'as pas encore vérifié par toi-même, n'est-ce pas ?

Sa voix passa sur sa peau comme une caresse, chassant de nouveau toute prudence. Il l'embrassa, avec une douceur exquise. Il était si doué, si sexy… Cependant, sous la douceur, elle sentait couver la passion.

Et elle voulait les deux.

— Montre-moi, alors, murmura-t-elle quand il écarta légèrement les lèvres des siennes.

— C'est vraiment ce que tu désires, Jade ?

— Oui. Toi. C'est toi que je désire, avoua-t-elle en rougissant. Je ne sais pas pourquoi. D'une certaine façon, je préférerais que ce ne soit pas toi… Il y a ce type très mignon qui apporte le courrier…

— Vito ? riposta Alvaro en redressant la tête. Pas question.

— Je me fiche de Vito ! explosa-t-elle. C'est toi que je désire ! J'aime t'embrasser. Et je veux découvrir…

Elle s'interrompit un instant.

— Mais je comprendrais qu'après ce que tu viens d'apprendre tu n'aies pas envie de…

— Tu ne comprends rien du tout, ma superbe reine, dit-il en lui enlaçant la taille.

— Eh bien, éclaire-moi.

La lâchant, il appuya les paumes sur le mur de chaque côté de sa tête et la regarda droit dans les yeux.

— Je ne peux pas coucher avec une femme qui va en épouser un autre.

— La plupart des femmes que tu rencontres épouseront un autre homme un jour ou l'autre, répondit-elle. Et toi, tu envisages de te marier ?

— Non, répondit-il, péremptoire.

Le contraire aurait été étonnant. Il dégageait une aura de solitaire, de dirigeant charismatique mais distant. Jade connaissait bien ce type d'homme.

— Nous avons déjà établi que si – j'ai bien dit *si* – je me marie un jour, ce ne sera pas un mariage normal. Je ferai ce qui est attendu de moi, en temps voulu. Mais qu'est-ce que je fais de mon corps, en attendant ? Je veux me débarrasser de ma virginité avec quelqu'un que je désire vraiment. Dans un lieu et à un moment que j'aurai *choisis*. Je veux décider de tout *librement*.

— Es-tu en train de me dire que je suis l'heureux élu ? Que c'est moi que tu as choisi ?

Un frisson de crainte la traversa. Soudain, elle eut peur d'essuyer un refus.

— Tu n'es obligé à rien, évidemment, dit-elle d'une voix mal assurée. Et si jamais je me suis trompée sur tes désirs, j'en suis sincèrement désolée. Comme tu le sais, je n'ai pas beaucoup d'expérience en matière de…

L'éclat doré incendia les yeux d'Alvaro.

— En matière de… ? fit-il en haussant un sourcil.

Elle venait de faire une proposition *sexuelle* à un homme qu'elle connaissait à peine. Qu'est-ce qu'il lui avait pris ?

— Si tu veux bien m'excuser, je vais…

— Non, je ne t'excuserai pas.

Il se pencha vers elle.

— Et je ne te laisserai pas partir. Pas encore.

Le silence s'installa entre eux. Une expression distante se peignit sur ses traits.

Jade sentit son cœur battre erratiquement dans sa poitrine. Quelle situation… Elle n'aurait jamais dû exprimer ses désirs à voix haute. Ni même les éprouver.

— Excuse-moi, murmura-t-elle. Je n'aurais pas dû te…

— Tu ne devrais pas t'excuser de désirer quelqu'un.

L'impossible rougeur se répandit sur son visage, sa gorge.

Le silence retomba entre eux. Dense, douloureux.

Jusqu'à ce que, soudain, Alvaro sourie.

— Tu es consciente d'avoir provoqué un fauve, Jade ?

Il ferma brièvement les yeux avant de poursuivre.

— Sache que je ne verrais aucun inconvénient à ce que tu m'ordonnes d'exaucer tes plus profonds désirs.

La bouche sèche, le cœur battant à un rythme sauvage, elle le dévisagea en retenant son souffle.

Écartant une main du mur, il reprit la mèche de cheveux échappée du chignon et la fit glisser entre ses doigts.

— Tu sais ce qu'il te faut, là, maintenant ?

Elle secoua la tête.

— Quelque chose à manger.

Un petit rire nerveux franchit les lèvres de Jade.

— Je suis sérieux, fit-il avec un sourire taquin qui contredisait ses paroles. On ne peut pas prendre de décisions importantes le ventre vide. Et je t'ai observée - tu t'es contentée de deux tasses de café et d'un seul sandwich alors que j'en avais fait livrer exprès tout un assortiment. J'ai faim pour toi.

Était-ce mal, d'être heureuse qu'il l'ait observée ?

— Je meurs de faim, je l'avoue.

— Mais qu'est-ce que tu attends pour partir à la découverte des bars et des cafés de Manhattan, bon sang ? Ce n'est pas le but de cet échange stupide ? De te faire goûter à la vie *normale* ?

— Je n'ai pas d'argent liquide…

Puisqu'elle avait commencé les aveux…

— Et je n'arrive pas à utiliser la carte bancaire de Juno.

— Pardon ?

— Je n'ai pas d'argent, dit-elle avec un petit rire forcé. C'est ridicule, je sais, mais…

— Tu n'as pas d'argent.

Il ne souriait plus du tout, à présent.

— Et il n'y a rien à manger chez ta sœur. Pourquoi n'as-tu rien dit ?

— Pour ne pas déranger. Et parce que je voulais me débrouiller toute seule, sans assistante, sans gardes rapprochés…

— Tu refuses aussi l'aide d'un ami ? demanda-t-il en laissant retomber son bras. Viens.

— Où allons-nous ?

Elle courait presque pour le suivre tandis qu'il se dirigeait vers l'ascenseur.

— Manger, répondit-il en appuyant sur le bouton d'appel.

— Tu ne prends pas de veste ?

— Surtout pas. Un peu d'air frais me fera le plus grand bien.

Cinq minutes plus tard, il la fit entrer dans une minuscule pizzeria cachée au fond d'une petite rue, à deux pas des bureaux.

— C'est le meilleur endroit de Manhattan, dit-il en souriant.

— Le meilleur ? répéta-t-elle en riant.

— Il y en a tellement. Mais quand tu meurs de faim, c'est ici qu'il faut venir en premier. Le service est rapide, en plus.

Sans lui demander son avis, il commanda deux énormes parts de pizza. Puis, comme il n'y avait ni chaises ni tables, ils repartirent en sens inverse en mangeant leur pizza.

Non seulement elle rompait avec la stricte étiquette en vigueur au palais, mais elle renonçait à toute prudence…

— C'est bon ? demanda Alvaro en se tournant vers elle.

Elle avala sa bouchée à la hâte.

— Délicieux !

Il sourit, d'un sourire si beau, si lumineux, qu'elle en eut le souffle coupé.

— Je suis fichtrement content de ne pas être ton employeur, dit-il d'une voix sourde.

— Je ne dois pas t'appeler « chef » ?

— Certainement pas. Mais trêve de plaisanteries, je vais t'avancer le salaire de Juno. En liquide.

— Je ne veux pas…

— Considère cela comme un prêt, fit-il d'un ton ferme. Tu as besoin d'argent pour t'acheter à manger, pour faire des choses. Ne t'inquiète pas, je suis sûr que tu auras des tas d'idées.

— Merci, c'est très gentil.

Ses paroles lui valurent un sourire sardonique.

— Tout le plaisir est pour moi, Votre Majesté, dit-il en s'inclinant à demi devant elle.

Un tressaillement la parcourut.

— Ne…

— Dans ce cas, renonce à ta politesse guindée avec moi.

— J'étais sincère, pas guindée, dit-elle, sur la défensive.

Avant d'ajouter :

— Chef.

Un silence s'ensuivit. Alvaro allait-il… la prendre dans ses bras ? L'embrasser ?

À sa grande déception, il se contenta d'un juron étouffé.

— Viens, je t'ai réservé une voiture.

Il tourna les yeux vers une berline noire garée le long du trottoir au pied de l'immeuble abritant les bureaux.

— Je ne te raccompagne pas. Pas ce soir.

Elle tressaillit, comme s'il l'avait giflée.

— Nous pouvons passer une nuit ensemble, si c'est vraiment ce que tu veux.

— *Une* nuit ? demanda-t-elle, le cœur battant la chamade.

— Ni toi ni moi n'avons besoin de complications.

— Et après, nous ne nous reverrons plus ?

Elle hocha la tête.

— C'est parfait.

Il écarquilla légèrement les yeux, puis fronça les sourcils.

— Que ce soit bien clair : nous nous offrirons une aventure d'une nuit au cours de laquelle nous nous livrerons à tous les plaisirs possibles et imaginables – sans oublier le don de ta virginité –, et ensuite, nous ne nous reverrons plus jamais.

Sa façon quasi clinique d'envisager les choses heurta la sensibilité de Jade, sans pourtant diminuer l'excitation qui avait pris possession d'elle.

— Oui… Je… Tu…

Elle s'interrompit, incapable d'exprimer ce qu'elle ressentait. Cela relevait de l'interdit.

— Oui, fit Alvaro. Toi et moi. Ensemble.

Sans ajouter un mot, il l'entraîna vers la berline noire.

— Tu as fini le boulot demandé par Sophy, n'est-ce pas ? Alors ne viens pas au bureau demain. Profite de ta journée. Je passerai te chercher pour t'emmener dîner.

Doucement, il repoussa la mèche de son visage.

— Seulement dîner… ? demanda-t-elle d'une voix à peine perceptible.

Il lui caressa la joue presque gentiment, mais la lueur étincelant dans les yeux d'ambre n'avait rien de « gentil ».

— Je veux une nuit *entière* avec toi, Jade. Je veux en profiter, et t'en faire profiter, au maximum.

— Où ? demanda-t-elle.

Un tremblement monta en elle. Il y avait peut-être des caméras de sécurité. Là, dans cette rue. Ou des paparazzis à l'affût. Elle était si fascinée par Alvaro qu'elle n'avait même pas songé à cette éventualité.

— Chez moi, répondit-il en écartant la main de sa joue. En attendant, tu vas rentrer et réfléchir à ce que tu désires vraiment. Tu dois être sûre de toi, Jade. Quant à moi, je ne te touche plus parce que sinon…

Il se tut et prit une profonde inspiration.

Une sensation brûlante se mit à tourbillonner en elle. Comment *attendre* jusqu'au lendemain soir ?

Faisant appel à la discipline qu'on lui avait imposée depuis l'enfance, elle reprit le contrôle de ses sens et recula d'un pas.

— OK.

— Demain, je m'arrêterai devant chez Juno et tu monteras dans ma voiture, ou pas. Tu me feras part de ta décision à ce moment-là.

Une pensée horrible la traversa.

— Et si *toi* tu changes d'avis ?

Sans attendre la réponse d'Alvaro, elle s'engouffra dans la berline et indiqua l'adresse au chauffeur.

6.

Elle craignait qu'il ne change d'avis !

Comme si cela avait la moindre chance d'arriver…

Le lendemain matin, Alvaro fit en sorte d'être trop occupé pour penser à Jade. Sans succès.

Toutes ses pensées le ramenaient à elle.

Jade la tentatrice. Jade l'innocente. La créature délicieuse aux courbes affolantes. La vaillante petite reine vivant de l'autre côté de l'Atlantique, sur laquelle reposait une foultitude de responsabilités, devoirs et obligations. La souveraine qui subissait des pressions de tous côtés.

Comment s'étonner qu'elle ait eu besoin d'évasion ?

Avec sa jumelle, elle s'était embarquée dans une aventure insensée et risquait gros si elle – ou Juno – était démasquée. Et pourtant, elle avait perdu presque une semaine de son temps précieux à se battre contre un raz-de-marée médiatique – alors qu'elle ne connaissait rien en la matière – pour sauver le poste de sa sœur. Et elle avait réussi à donner le change… Jusqu'à ce qu'elle craque et lui avoue la vérité.

Jade au lieu de Juno. Une étrangère, pas une employée.

Alvaro avait ressenti un soulagement inouï, puis le désir l'avait emporté sur la raison.

Il avait à peine fermé l'œil de la nuit. Les mêmes souvenirs revenaient sans cesse le hanter.

Jade révélant sa véritable identité. Lui l'embrassant. Elle répondant avec passion à son baiser.

Il ne l'avait pas ménagée. S'il avait su que c'était son premier baiser, il y serait allé plus en douceur. Mais il avait été en proie à un désir si puissant que, dès qu'il avait pris conscience que plus aucune barrière professionnelle ne se dressait entre eux, il s'était complètement laissé aller.

En vérité, il avait carrément perdu la tête et fait ce qu'il brûlait de faire depuis le premier instant où il l'avait aperçue – il avait dévoré la belle bouche pulpeuse, sans retenue.

Puis il y avait eu le second aveu. Elle était vierge. L'instant d'après, elle lui demandait dans un murmure s'il voulait bien la débarrasser de ce petit problème…

Comment dormir, après cela ?

Séduire une reine, vierge de surcroît, était encore pire que de coucher avec une employée. Cela allait à l'encontre de tous les principes d'Alvaro.

Pas de drames. Ni de *rêves.*

Jamais.

Aussi avait-il éprouvé le besoin de prendre ses distances. Pas seulement pour laisser à Jade le temps de réfléchir, mais pour se préparer à la torture qui l'attendait. Parce qu'il savait que, dès qu'il toucherait ce corps superbe et ardent, il risquait de perdre le peu de contrôle qu'il lui restait.

Et cela, c'était hors de question. Il ne précipiterait rien. Ni ne bousculerait sa maîtresse d'une nuit.

La première fois de Jade devait être réussie, et il ne doutait pas d'être à la hauteur de la tâche dont elle l'avait investi. Il l'avait sentie trembler dans ses bras, l'avait entendue gémir de plaisir contre sa bouche tandis qu'elle se pressait contre lui, prête à l'abandon…

Tout, dans la vie de Jade, avait été planifié, mais elle acceptait son sort sans se plaindre. Presque avec joie. Allant même jusqu'à envisager de se marier pour des raisons purement diplomatiques. Un frisson le parcourut. Il détestait imaginer Jade mariée par devoir. Ce qui était plutôt perturbant, étant donné que lui-même n'avait jamais songé à se marier. Le mariage n'était pas pour lui. Il ne pourrait jamais renoncer à son indépendance. Par conséquent, Jade avait raison. Ses choix ne le regardaient pas.

Il serra les mâchoires. Elle faisait ce qu'elle voulait avec qui elle voulait. Et il se sentait fichtrement privilégié d'avoir été *choisi* pour l'initier aux plaisirs de la chair. Si elle l'avait souhaité, elle aurait pu trouver d'autres occasions, d'autres hommes. Elle avait prouvé qu'elle savait se débrouiller et ne manquait pas de ressources.

Alors, pourquoi ne pas exaucer son désir ? D'autant qu'il désirait précisément la même chose qu'elle.

Il quitta son bureau et traversa le vaste open space. Apercevant au passage un journal gratuit abandonné sur une chaise, il le prit sans réfléchir et parcourut les pages consacrées à l'actualité internationale.

« Elle » y figurait. La « reine Jade » avec le roi Leonardo, les monarques des deux nations voisines de Monrova et Severene dansaient ensemble, les yeux dans les yeux, au bal d'Hiver. Juno Monroyale et Leonardo Delessi Severo, étroitement enlacés, fascinés l'un par l'autre.

Alvaro examina la photo avec attention, cherchant les différences entre les jumelles. Juno avait les cheveux rassemblés en chignon si bien que l'on ne pouvait savoir qu'ils étaient plus courts que ceux de sa sœur. Et son visage était un peu plus rond, sa bouche peut-être un peu plus grande, sa peau un tantinet plus hâlée. Elle avait quelque chose de plus robuste que Jade, qui n'était pourtant pas fragile. Celle-ci possédait une force phénoménale et une détermination impressionnante. Mais elle était seule. Et sa solitude, son besoin de contact physique, faisaient résonner quelque chose en lui.

Il ressentait la même soif. Par conséquent, il ne pouvait lui refuser ce qu'elle lui avait demandé.

Une seule nuit. Cela ne pouvait pas être dangereux.

Se concentrant sur le roi Leonardo, il frémit. Cet homme ne consentirait jamais à un mariage blanc. De toute façon, il aurait fallu être fou pour accepter un tel arrangement. Que l'on soit un homme ou une femme.

Quant à la façon dont Leonardo regardait sa cavalière… Savait-il qui il tenait vraiment dans ses bras ?

Agacé, Alvaro annonça à ceux qui étaient encore là qu'ils pouvaient rentrer chez eux. C'était Noël, après tout.

Une heure plus tard, il se renfonçait dans le siège de son cabriolet et contemplait l'immeuble de Juno en se répétant qu'il était détendu. Lui qui attendait avec une impatience frisant la fébrilité la réponse au SMS qu'il venait à peine d'envoyer.

La porte s'ouvrit. Jade apparut et s'avança vers lui, ses cheveux aux boucles châtaines ondulant sur ses épaules.

Seigneur, la lueur affamée qui couvait dans les magnifiques yeux verts… Ce sourire timide, ces lèvres mises en valeur par une touche de gloss, véritable invite au baiser…

Sous une veste en cuir noir entrouverte, elle portait une petite robe noire, non pas moulante mais sagement ajustée à la taille et s'épanouissant à partir des hanches jusqu'à mi-mollet.

Et elle était perchée sur ses habituels talons hauts et fins.

Jamais Alvaro n'avait rien vu d'aussi sexy.

— Tout va bien ? demanda-t-elle.

Il prit conscience qu'elle s'était arrêtée à deux pas de lui et le dévisageait avec circonspection. Depuis combien de temps la dévorait-il ainsi des yeux ? Se ressaisissant, il s'éclaircit la voix mais aucun son ne franchit ses lèvres. Il se redressa, décroisa les bras et lui ouvrit la portière.

— Je monte ?

Une adorable roseur envahit ses pommettes, et un petit sourire mutin arrondit sa bouche sensuelle tandis qu'elle se glissait sur son siège.

Il se pencha pour boucler sa ceinture de sécurité et s'écarta aussitôt, troublé par les effluves vanillés.

— Tu as passé une bonne journée ?

— Tu leur as manqué, répondit-il, la voix rauque.

Quelle brute… Il aurait pu lui laisser la possibilité de dire au revoir à ses collègues. Ils ignoraient qu'elle n'était pas Juno et ne reviendrait pas après les congés de Noël, il aurait dû y penser.

— Et toi, qu'as-tu fait, aujourd'hui ? enchaîna-t-il.

— Je suis allée marcher…

Comme elle s'interrompait et gardait le silence, il tourna brièvement les yeux vers elle et remarqua qu'elle était nerveuse, elle aussi. D'instinct, il tendit la main et la referma sur la sienne. Une décharge électrique fusa dans son bras ; sentant Jade se raidir, il desserra aussitôt sa main. Elle ne la repoussa cependant pas et y enlaça ses doigts. Alvaro n'avait jamais tenu la main de quiconque. Mais pour la première fois de la journée, il respira normalement.

— Je suis vraiment contente que tu sois venu, dit-elle de sa voix douce.

Après un bref instant, elle ajouta :

— Je ne savais pas trop comment m'habiller.

Elle aurait pu porter un sac-poubelle, elle aurait été tout aussi ravissante. Mais la petite robe noire lui plaisait vraiment, et il appréciait particulièrement qu'elle l'ait choisie pour lui. Pourtant, lui qui d'habitude était plutôt doué pour les compliments, était à sec. Son cerveau avait disjoncté.

Ce ne fut qu'une fois engagé dans le parking souterrain de son immeuble qu'il recouvra ses esprits, mais pas l'usage de la parole.

L'ascenseur gravit les étages dans le silence complet. Toujours sans dire un mot, Alvaro entra le code d'accès à son appartement avec terrasse, puis jeta ses clés et son portefeuille sur un meuble et inspira profondément.

— Quel panorama…, dit Jade en s'avançant dans l'immense salon.

Les baies vitrées donnaient sur l'Hudson, mais elle leur tourna le dos et se concentra sur l'aménagement intérieur avec une curiosité non dissimulée qui le fit sourire.

— Que déduis-tu de la décoration ? demanda-t-il d'un ton moqueur. Tu y découvres des détails révélateurs sur moi ?

Elle rougit de nouveau et se passa le bout de la langue sur les lèvres. Geste purement nerveux qui mit Alvaro au supplice.

De la douceur, se répéta-t-il dans l'espoir de calmer l'ardeur de sa libido. Il ne fallait surtout pas brusquer Jade.

— J'y découvre certains traits de ta personnalité, c'est vrai, répondit-elle avec un petit sourire taquin.

— Ah ? Lesquels, par exemple ?

— Tu aimes le confort.

Son sourire s'agrandit tandis qu'elle passait délicatement la main sur le plaid en mohair posé sur un bras de l'énorme sofa – ultra-confortable, en effet.

— Tu es un sensuel, en dépit de la discipline que tu t'imposes.

La chaleur s'intensifia en lui, presque insoutenable.

— Qu'est-ce que le palais m'apprendrait sur toi ?

— Tu saurais tout sur l'histoire de ma famille, depuis le XVIIIe siècle jusqu'à nos jours. Un incendie a réduit les archives plus anciennes en cendres. Mais il reste néanmoins de stupéfiantes collections d'œuvres d'art et d'antiquités accumulées au fil des siècles.

— Mais les pièces dans lesquelles tu vis ? Tu es libre de choisir tes coussins ?

— Certainement pas ! répondit-t-elle, l'air offusqué. La décoration est immuable et date d'avant ma naissance.

— Je te plains. Tu devrais pouvoir choisir tes coussins. Personnellement, j'aime beaucoup les coussins.

Elle jeta un regard vers la pile entreposée sur une étagère basse.

— C'est ce que je vois, répondit-elle en riant.

— On devrait toujours se sentir bien chez soi.

— Eh bien, je ne sais pas si on peut dire cela du palais de Monrova. Il est magnifique, impressionnant, mais…

— Pas vraiment confortable ? Si tout est ancien, les sièges doivent être trop petits, les portes, trop basses ?

— Oh ! les portes ont été conçues pour des géants, mais les pièces par conséquent sont très difficiles à chauffer.

S'avançant vers le fond du vaste espace, elle examina les livres alignés sur les rayonnages.

— C'est ta mère ?

Jade avait évidemment repéré, encadrée et posée entre deux rangées d'ouvrages, la seule photo personnelle de l'appartement.

— Je n'ai pas de mère.

— Tout le monde en a une, répondit-elle gentiment en se retournant vers lui. C'est biologiquement incontournable.

— Biologiquement ?

Il enfonça les mains dans ses poches.

— OK, une femme m'a conçu et mis au monde. Ensuite, une autre m'a soi-disant adopté. Et puis il y a eu celle qui m'a sauvé. Laquelle des trois est ma mère, d'après toi ? fit-il sans regarder Jade.

— Celle qui t'a sauvé.

Oui, bien sûr. Celle à qui il devait tout. Il ne parlait jamais de sa vie personnelle ni de son passé. Mais il comprenait la curiosité de Jade parce qu'il ressentait la même pour elle.

— Elle s'appelle Ellen, dit-il en tournant les yeux vers la photo.

Il ne put retenir un léger sourire : Ellen *détestait* cette photo.

— Elle est toujours bien vivante et je la vois régulièrement.

Quand il se décida à regarder Jade, il trouva de la douceur et de la compassion dans ses yeux verts.

— Allons-y, reprit-il d'une voix bourrue en s'avançant vers la cuisine spacieuse qui communiquait avec le salon.

— Tu sais cuisiner ?

Elle contempla les préparatifs laissés en attente sur le large plan de travail en bois massif installé au centre de l'espace, au bout duquel une table était entourée de chaque côté par deux chaises.

— Je suis assez doué. Tu ne crains pas d'être empoisonnée… ?

— Bien sûr que non. Merci de te donner la peine de cuisiner pour moi, fit-elle avec sa satanée courtoisie.

— Il n'y a rien de pénible à cuisiner, marmonna-t-il en se penchant sur le contenu d'une casserole. Tu crois que nous réussirons à rester civilisés jusqu'au dîner ?

— C'est ce que nous essayons de faire ?

— Oui.

— Pourquoi ?

La petite sorcière… Elle allait le tuer…

— Connaissant ton incapacité à t'alimenter correctement, je ne voudrais pas que tu sois à court d'énergie dans une heure.

— Tu prépares tout un repas uniquement pour cela ?

— Non. C'est pour te laisser le temps d'être sûre de toi.

— Si je ne l'étais pas, je ne serais pas ici, dit-elle avec le plus grand calme. Il s'agit uniquement de…

— De sexe ?

Quand il vit les joues claires s'empourprer, le doute s'insinua en lui. Pour lui, il ne s'était jamais agi que de sexe, en effet, mais tout à coup il ne savait plus trop. Il ne se sentait pas coupable de prendre ce que Jade lui offrait, non, mais il voulait que, pour elle, ce soit mieux que « du sexe ».

Incapable de résister plus longtemps au désir de la toucher, il contourna le plan de travail et s'arrêta face à elle et lui souleva le menton. Elle renversa aussitôt la tête pour lui offrir ses lèvres. Lentement, il les effleura des siennes. La réponse fut immédiate. Elle réagissait à la moindre caresse, au moindre effleurement, avec une ardeur qui lui fit oublier ses bonnes résolutions.

Jade savait ce qu'elle voulait et il voulait la même chose.

Renonçant à toute douceur, il dévora sa bouche avec passion. Mais lorsqu'elle gémit contre ses lèvres, il redressa la tête et battit en retraite derrière le plan de travail.

Elle le regarda en plissant légèrement le front, ses yeux verts étincelant comme des joyaux.

— *Après* avoir mangé, d'accord ? fit-il avec effort.

De son côté, il serait volontiers passé à l'action *avant*. D'autant qu'il sentait Jade plus que prête.

— Tu ne veux vraiment pas que je t'aide ? demanda-t-elle après quelques instants.

Seigneur… Il appuya les mains sur le plan de travail pour résister au désir de l'emporter illico au lit.

— Tu aides parfois en cuisine, au palais ?

— Non, fit-elle avec un adorable petit sourire coupable. Cela n'a pas été jugé indispensable à mon éducation, ce qui est regrettable. Savoir cuisiner, c'est vital.

— Je suis entièrement d'accord avec toi.

Il s'empara d'un couteau et se défoula sur les fines herbes.

— De ton côté, ton éducation a été plus complète…

En vérité, il s'était éduqué tout seul. Sinon, il serait mort de faim. Mais il en avait déjà trop dit sur son passé.

— Tu peux aller chercher deux tomates dans le cellier, si tu veux, répondit-il, désireux de changer de sujet.

Il l'entendit ouvrir plusieurs portes et les refermer. Se retournant, il la vit, plantée devant un placard, contemplant les rayonnages bien remplis et bien ordonnés.

— Tu vis seul, non ?

Oui, et il recevait rarement des invités, pour éviter que l'on voie le contenu de ses placards, justement. Cela amenait des questions auxquelles il n'avait pas envie de répondre.

— Oui, toujours.

Elle hocha lentement la tête.

— Les celliers de ton palais sont mieux pourvus, j'imagine, fit-il, pince-sans-rire. Mais tu n'en sais rien, bien sûr.

— Non, je n'en sais rien, c'est vrai, dit-elle en tendant la main vers les tomates.

Après avoir refermé les portes du placard, elle se retourna, une tomate dans chaque main.

— Cuisiner chasse mon stress, expliqua-t-il. Et puis, tu connais mes besoins en carburant.

Il s'interrompit. Il ne s'expliquait jamais, devant personne.

— Je ne peux pas supporter la pensée de ne pas avoir de provisions chez moi parce que je garde un souvenir cuisant des périodes où j'ai cruellement souffert de la faim, dit-il d'un seul trait.

— Je suis désolée que tu aies vécu cela, dit-elle en s'arrêtant en face de lui, de l'autre côté du plan de travail.

Un instant, les émotions qui se bousculaient en lui furent presque impossibles à contenir.

— Tu crois que tu saurais déboucher une bouteille de vin ? demanda-t-il, les yeux résolument fixés sur la plaque chauffante.

— Bien sûr.

Effectivement, elle savait, constata-t-il en retenant un sourire. Elle versa le vin dans les deux verres à pied qu'il avait sortis, puis s'assit sur une chaise pour le regarder faire griller les steaks.

Il coupa les tomates en quartiers, les ajouta à la salade qu'il avait commencé à préparer et saupoudra le tout avec les herbes finement hachées. Le repas était prêt, frais et simple.

— On mange ici ? demanda-t-il en s'asseyant en face d'elle.

— Magnifique, dit-elle en baissant les yeux sur les grandes assiettes qu'il venait de déposer sur la table. Et très appétissant…

— Ce n'est pas fait pour être regardé mais pour être consommé, tu sais ? répondit-t-il d'un ton faussement sévère. Tu as besoin de carburant si tu veux survivre à la nuit qui t'attend.

— Survivre ? répéta-t-elle en éclatant de rire.

Une lueur ardente couvait au fond des yeux verts. Elle brûlait de curiosité, sa petite reine. Et de désir.

— Tu ne me crois pas ? fit-il pour la taquiner.

— Je suis peut-être plus résistante que tu ne le crois.

Elle s'exprimait de son ton poli et altier, mais il s'agissait de pur défi et ils le savaient tous les deux.

— Ah, vraiment ? fit-il en attaquant son steak avec entrain.

— Oui, vraiment. Je ne ressens peut-être pas le besoin de m'entraîner matin et soir comme toi, mais je fais de la gymnastique. Et, d'habitude, je mange et dors bien.

Comme il la gratifiait d'un sourire moqueur, elle le foudroya du regard.

— Je me sens tout à fait de taille à t'affronter, Alvaro.

Il le vérifierait bientôt par lui-même, Dieu merci.

— Je propose que tu te taises et commences à manger.

Soulevant délicatement sa fourchette, elle goûta la salade en fermant les yeux.

— Tu veux connaître toutes mes impressions, n'est-ce pas ?

— Et comment !

— C'est bon. Non, mieux que bon.

— Avec des produits frais, on ne peut pas trop se tromper. Alors, dis-moi, quel genre de sport pratiques-tu ?

Elle redressa son joli petit menton.

— J'en endure plusieurs. Course sur tapis et sur piste. Natation. Gymnastique.

— Tu les endures ?

— Mon entraîneuse est un vrai dragon.

— Un homme serait peut-être plus compréhensif ?

— Un homme ? fit-elle en riant, les pommettes rose vif. Mon père ne l'aurait jamais permis.

— Il était si strict que cela ? Il ne laissait aucun homme t'approcher ?

— En un sens, je préférais qu'il en soit ainsi. Les ambitieux ne manquaient pas. Ma vieille gouvernante a enseigné à l'université. Mon entraîneuse est de mèche avec le médecin du palais. À eux trois, ils font de ma vie un enfer.

— Tu es la reine, Jade. Tu ne peux pas leur dire de te laisser tranquille ?

— Je dois répondre à certaines attentes. Cela fait partie de mon devoir. J'ai passé tellement de temps à m'y préparer – cours de langues étrangères, sciences politiques, histoire, philosophie, éthique, maintien, bonnes manières, méditation, *et* un programme draconien d'entraînement physique.

— Méditation ?

— Pour maîtriser les émotions.

Quel régime…

— Ne me plains pas, dit-elle en souriant. J'ai grandi entourée de privilèges, j'ai toujours été gâtée, depuis ma plus tendre enfance.

Ça, il en doutait.

— Et puis, tu as raison. Je devrais faire davantage de sport.

Elle s'autorisa un semblant de grimace.

— La couronne est trop lourde. J'ai du mal à la porter.

— Tu te crois incapable de supporter son poids ? Tu te trompes, la rassura-t-il. Après t'avoir vue répondre à des milliers d'e-mails furieux et amadouer les clients les plus hostiles, je suis certain que tu peux supporter ta couronne, crois-moi.

— Merci, tu es très gentil, répondit-elle en rougissant de

plus belle. Mais je parlais au sens littéral du terme. Elle est vraiment trop lourde, elle pèse une tonne. J'ai mal à la tête au bout de cinq minutes.

Il rit franchement. Mais il pensait ce qu'il venait de dire.

— Fais-en fabriquer une autre. Tu peux te le permettre, non ?

Elle le dévisagea d'un air stupéfait.

— Je ne pourrais jamais faire une chose pareille. C'est une *tradition.*

— Crées-en une nouvelle.

— À t'entendre, cela paraît si simple…

— Parce que ça l'est. Tu choisis ce que tu veux, tu le dis, et tu le fais.

— C'est comme cela que tu as procédé ? C'était aussi simple, pour toi ?

— Le milieu dont je venais était beaucoup moins puissant et privilégié que le tien, Jade, répondit-il après un léger silence. Alors, non, tout n'a pas été aussi simple. Mais dans un sens, je jouissais d'une plus grande liberté que toi. Parce que personne ne se souciait de mon sort, et personne ne voulait *essayer* de m'aider, ni me convaincre de faire les choses à « sa » façon.

— Excuse-moi. Je ne voulais pas…

— Ne t'excuse pas. Je suis content que tu n'aies pas été confrontée aux mêmes difficultés que moi.

— Comment as-tu réussi à les surmonter sans l'aide de personne ? demanda-t-elle.

Sa curiosité était si sincère qu'il se mit à lui parler d'une période de sa vie qu'il n'avait pas évoquée depuis des années. Voire jamais.

— Pour devenir indépendant financièrement, j'ai d'abord envisagé de devenir sportif professionnel. Je me fichais de la discipline, j'avais obtenu une bourse généreuse pour entrer dans une bonne université. J'étais capitaine des équipes de foot et de basket, et j'avais décidé de choisir ce qui serait le plus payant pour aller jusqu'au bout de mes études. Je me suis entraîné comme un dingue. Mais je me suis déchiré les tendons d'un genou et tout s'est arrêté. Plus de capitaine. Plus de sport d'équipe. Plus d'université.

— Ils ont supprimé ta bourse ? demanda-t-elle, visiblement choquée.

— J'étais brillant, et pas seulement en sport, mais ce qui les intéressait en moi, c'était mon physique, pas mes résultats en physique.

Il haussa l'épaule.

— Je ne sais pas pourquoi, mais je n'avais aucun problème avec les matières scientifiques, notamment en maths, et j'avais des idées – et rien à perdre. Seulement du temps. Alors tout en faisant des petits boulots alimentaires, j'ai créé cette application de fitness. Elle est devenue très populaire, à une vitesse spectaculaire. Je l'ai rentabilisée en continuant à bosser à côté, en accumulant le plus d'argent possible et en investissant dans des projets modestes, puis de plus en plus ambitieux. J'ai eu beaucoup de chance et de bonnes occasions.

— Et fourni beaucoup d'efforts.

— C'est vrai.

Sept jours sur sept et tous les week-ends pendant des années. Et il continuait de travailler à un rythme infernal.

— Je ne pourrais jamais imaginer diriger un énorme conglomérat, dit-elle.

— Non, mais quand on est P-DG d'une entreprise privée, on peut se permettre beaucoup, y compris d'abuser de son autorité, malmener le personnel et se ficher complètement de ce que les autres pensent de soi. Ce n'est pas bien, mais c'est possible. Pour ma part, ce que je ne peux pas imaginer, c'est de gouverner un pays où l'on est une sorte de bien public. Une figure de proue, un exemple, un symbole, un être d'exception que tous considèrent comme un guide, dans tous les domaines, depuis la mode jusqu'aux affaires étrangères.

— Nous avons un Parlement, les gens votent. Je ne décide pas de tout.

— Et tu touches une allocation royale, je sais. Mais tu donnes ton assentiment officiel, non ? Tu es responsable de la bonne gouvernance.

7.

La bonne gouvernance… Jade y avait été initiée dès son plus jeune âge.

— Tu as de bons conseillers ? demanda Alvaro.

— Ils ont une très grande expérience, répondit-elle, évasive.

— Et ils souhaitent que tu épouses ce Leonardo.

Elle piqua sa fourchette dans le dernier morceau de viande et le glissa entre ses lèvres.

— Cela a dû être dur pour toi, d'être séparée de ta mère et de ta sœur. Même entourée de tous tes mentors féminins, elles ont dû te manquer.

— Juno et moi sommes restées en contact. Au début, elle passait tous les étés à Monrova…

Jusqu'à l'affrontement entre Juno et leur père, suivi du départ de celle-ci.

— Elle n'était pas revenue depuis des années.

— Et ta mère ?

— Je ne l'ai jamais revue après le divorce.

Il haussa les sourcils.

— Tu avais quel âge ?

— Huit ans.

— Plutôt radical, comme façon de gérer une situation difficile, dit-il avec calme.

Une douleur fulgurante transperça la poitrine de Jade. Elle ne parlait jamais de cela, mais il l'avait prise au dépourvu.

— Mon père ne voulait pas perdre son temps à expérimenter un nouveau mode de fonctionnement familial. Il s'est simplement débarrassé de son ex-femme.

Cela avait dévasté Jade, mais avait été encore plus dur pour Juno, elle le savait.

— Il était tellement rigide… Il refusait même de penser à…

Elle s'efforça de refouler le souvenir de la peur et de la souffrance ressenties alors. Y songer ne servait à rien. Ne changeait rien.

— Il souffrait lui aussi, je le sais, murmura-t-elle. C'est pour cela qu'il réagissait ainsi, mais…

Elle s'interrompit en secouant la tête. Elle ne parlait jamais de ces choses. Elle ne pouvait faire confiance à personne. On le lui avait toujours répété.

— Tu sais pourquoi cela n'a pas marché, entre tes parents ?

— Peut-être parce qu'elle n'était qu'une roturière, fit-elle avec tristesse. Même si c'était une reine de Hollywood… Je crois surtout qu'ils étaient trop différents. Et qu'ils se sont mariés trop vite.

— C'est pour ça que tu penses qu'un mariage arrangé avec un roi sera plus judicieux ?

— Je…

Elle le regarda en retenant son souffle, puis redressa le menton.

— Peut-être. J'estime en tout cas qu'une telle alliance sera bénéfique pour mon pays. Il le mérite.

— Ton pays le mérite ? répondit-il en l'observant avec attention. Et toi, que mérites-tu ?

— Mes trois semaines de liberté, répondit-elle en souriant. Et ensuite…

Peu importait. Elle ne voulait pas y penser maintenant.

— Chaque famille a ses bizarreries, tu ne crois pas ? reprit-elle d'un ton désinvolte.

— Ma famille est unique en son genre, répondit-il avec un sourire désabusé. Ils ont fait comme ton père : ils ont réglé le problème en se débarrassant de moi.

« Une femme m'a mis au monde… Une autre m'a soi-disant adopté… »

Qu'avait-il voulu dire par « soi-disant » ? Et cela avait-il un lien avec les périodes où il mourait de faim ? Manquait-il de tout, pas seulement de nourriture ?

— Je suis désolée, Alvaro.

Il ferma un bref instant les yeux.

— Que fais-tu ici, Jade ?

— Je vis, sans être épiée en permanence. Sans être la cible des paparazzis dès que je mets un pied hors du palais. Je mange du chocolat bon marché. Je m'étourdis d'illuminations de Noël.

— Il n'y en a pas, à Monrova ?

— Nous avons des guirlandes électriques très raffinées. Certaines traditionnelles et d'autres plus classiques.

— Tu préférerais des néons ? Façon discothèque ?

— J'adorerais ! Pourquoi pas ?

— En tant que reine, tu ne peux pas créer tes propres traditions de Noël ? Et faire installer autant de néons que tu peux en supporter ?

Non, hélas. Ce n'était décidément pas aussi simple.

— Que fais-tu *réellement* ici, Jade ? demanda-t-il en reprenant son sérieux.

— Je ne sais pas. Je sais seulement que c'est le seul endroit du monde où j'ai envie d'être, là, maintenant.

— Moi aussi.

Il tendit la main et lui caressa la joue.

— Mais tu sais que c'est de la folie.

— C'est mon moment de folie.

Le cœur de Jade se serra.

— Tu ne le fais pas par pitié, n'est-ce pas ?

— Par pitié ? répondit-t-il en roulant des yeux. Non, pas vraiment…

— Tu vas t'offrir du bon temps aussi ? Tu n'as pas accepté pour me faire plaisir ?

— Pourquoi pas, si cela me fait plaisir de te faire plaisir ?

— Les gens se mettent en quatre pour me faire plaisir, tout le temps. C'est parfois embarrassant. Ils ne savent pas comment se comporter en ma présence. Ils deviennent nerveux et… Je ne veux pas de cela entre nous.

— Je te mentirais en te disant que je ne suis pas nerveux, Jade. Je ne veux pas te faire de mal et je désire que tu profites de ces instants au maximum. Mais, franchement, dans cette histoire, je suis plus égoïste que je ne l'ai jamais été de ma vie. Et pourtant, je m'y connais, en matière d'égoïsme.

Elle ne le crut pas un instant.

— Mais je n'ai aucun effort à fournir pour avoir envie de te faire plaisir, crois-moi, dit-il. Et je pense que nous avons assez parlé de nous, et que le moment est venu de passer à autre chose.

— Personne ne m'avait jamais crié dessus comme tu l'as fait ce matin-là, dit-elle avec un sourire malicieux.

— Et tu as riposté aussi sec ! Ce que personne ne se permet avec moi, normalement. Mais j'imagine que ce n'est pas dans tes habitudes de réagir ainsi ?

— Non, pas du tout. Ce serait brutal et grossier, dans ma position. Je ne dois pas abuser de mon pouvoir. Surtout vis-à-vis de gens qui en ont moins que moi.

— L'autre jour, tu t'es défendue et tu as eu raison. Ne me ménage pas. Ton statut royal ne m'impressionne pas, Jade.

— Je sais bien, répondit-elle en riant à moitié.

— Je ne veux pas que tu sois polie avec moi. Ni que tu te censures. En aucune façon. À aucun moment. D'accord ?

Il se pencha vers elle.

— Mais dis-moi, si ce n'est pas dans tes habitudes, si tu contrôles tes émotions, pourquoi es-tu sortie de ta réserve ce matin-là ?

— Parce que j'étais fatiguée et que tu étais à moitié nu. Soudain, mon cerveau a refusé de fonctionner.

— Si je comprends bien, je n'ai qu'à me déshabiller et à t'épuiser pour voir celle que tu es vraiment ?

Mon Dieu, comment résister à ce sourire ? Alvaro était si beau, si sexy.

— Je vais te faire l'amour, Jade.

La chaleur l'embrasa tout entière.

— Je croyais qu'il s'agissait de sexe, répondit-elle après avoir dégluti avec effort.

— Puisque c'est ta seule nuit avec un homme que tu as choisi et désires vraiment, et à qui, en plus, tu fais don de ta virginité, tu mérites d'être vénérée et adorée. Tu mérites de vivre une expérience inoubliable. Alors non, je ne t'offre pas du sexe. Je vais te faire l'amour.

Il se leva et lui tendit la main.

— D'accord ?

La gorge trop nouée pour pouvoir articuler un mot, elle glissa sa main dans la sienne et se leva à son tour.

— Jade ?

Elle tremblait. Elle brûlait. À cet instant précis, elle ne désirait qu'une chose : retrouver le goût de la bouche d'Alvaro et sentir ses lèvres sur les siennes.

Quand elle lui passa les bras autour du cou, il laissa échapper un petit grognement ravi et lui enlaça la taille. Doucement, il la poussa en arrière, jusqu'à ce qu'elle soit contre le mur. Elle adorait être ainsi prisonnière de sa force, de sa chaleur.

— Je veux savoir ce que tu penses, dit-il en s'écartant légèrement pour la regarder dans les yeux. Ce que tu ressens, si ça va. J'ai besoin de le savoir, ma douce.

Tout en parlant, il déboutonna sa robe et la fit bientôt glisser de ses épaules. Lentement, il passa un doigt sous les fines bretelles de sa combinaison en soie verte, tira doucement pour regarder dessous, et sourit.

— Que vois-je, reine Jade ? Vous ne portez pas de soutien-gorge ? murmura-t-il d'un ton faussement réprobateur.

— J'ai déjà suffisamment de mal à respirer quand je suis avec toi, répondit-elle en riant. Je ne voulais pas avoir les côtes comprimées.

Lorsqu'il plongea son regard dans le sien, elle y découvrit une émotion qui la troubla profondément. Incapable de patienter plus longtemps, elle se haussa sur la pointe des pieds et appuya ses lèvres sur celles d'Alvaro, qui répondit aussitôt à son baiser. Les grandes mains chaudes descendirent sur ses hanches, ses cuisses, avant de se faufiler sous l'étoffe et de la faire remonter lentement, jusqu'à la minuscule culotte de dentelle choisie pour lui.

— Je suis très viril, ma douce, il faut que tu sois prête à m'accueillir, dit-il en s'écartant de sa bouche.

Il fit glisser ses lèvres sur le cou de Jade, descendit sur sa gorge.

— Et c'est à moi de t'y aider.

Une chaleur infernale se répandit entre ses cuisses. Une plainte lui échappa.

— Ça te plaît, comme idée ? chuchota-t-il avec un petit rire follement sexy.

Continuant son chemin, il referma les doigts sur un mamelon durci qu'il titilla avec un art divin.

— Tu veux savoir à quel point je suis viril ?

— Oui, murmura Jade.

Elle voulait tout savoir de lui. Le voir, l'explorer tout entier.

Mais elle ferma les yeux et ne put que s'appuyer au mur. Il effleurait son ventre, descendait de plus en plus bas… Lorsqu'il l'embrassa avec passion, elle bascula sans pudeur les hanches en avant pour mieux s'offrir à ses caresses.

Tout en dévorant sa bouche, il continua d'effleurer sa chair excitée, doucement. Presque trop doucement.

— Tu veux me sentir en toi, Jade ? murmura-t-il contre ses lèvres.

— Oui, oui, je t'en supplie.

Maintenant. Mais il prenait son temps. Délibérément. Il la faisait languir et savait très bien comment s'y prendre.

— Nous avons toute la nuit, ma douce.

— Ce n'est pas beaucoup, chuchota-t-elle, se pressant contre sa main pour l'encourager.

— Une nuit est faite de très nombreux instants.

Soudain, il accéléra le rythme et l'intensité de ses caresses.

— Et celui-ci t'appartient, ma douce. Prends-le.

Elle s'accrocha à ses puissantes épaules et poussa un cri.

L'orgasme fut fabuleux, la laissant pantelante et si faible qu'elle craignit de s'effondrer sur place.

Alvaro souleva Jade dans ses bras et traversa le salon à grands pas. Blottie contre lui, elle se reput de sa chaleur, de la fermeté de ses muscles tandis qu'il entrait dans une vaste pièce éclairée par une seule lampe posée sur la table de nuit. Elle enregistra quelques détails qui se gravèrent dans son esprit avec une précision incroyable. Du coton et du lin blanc, contrastant avec les murs ocre clair et les épais rideaux d'un ton à peine plus soutenu, des tapis aux couleurs chaudes recouvrant en partie le plancher ciré.

Comme le salon, la chambre dégageait une atmosphère confortable et accueillante.

Il l'assit sur le lit et remonta sa combinaison tandis qu'elle levait les bras pour l'aider. Puis il l'allongea sur le dos et fit glisser la minuscule culotte sur ses jambes, avant de lui ôter ses chaussures.

Elle était nue sur le lit. Enfin.

Lorsqu'il se redressa pour la contempler, ses yeux étincelaient de beaux reflets dorés.

— Tu sais ce qui m'émerveille ?

Elle secoua la tête.

— Toi. Comme ça. Sur mon lit.

Sans lui laisser le temps de répondre, il s'installa au-dessus d'elle et l'embrassa à pleine bouche. La sensation du poids de son corps viril était si grisante qu'elle gémit contre ses lèvres et souleva les hanches pour mieux sentir sa puissante érection.

— Bientôt, lâcha-t-il en écartant sa bouche. Bientôt, ma douce.

L'instant d'après, il s'installait à califourchon sur elle. Tendrement, il referma les mains sur ses seins, faisant rouler les pointes sous ses pouces et riant lorsqu'elle se mit à haleter, prête à s'envoler de nouveau dans l'extase.

Il ralentit ses caresses, les accéléra, ralentit de nouveau, se servant tour à tour de ses doigts, ses mains et ses lèvres. Le plaisir monta, emportant Jade à des sommets insoupçonnés.

Cette fois, ce n'était plus ses doigts qui exploraient le lieu le plus secret de son corps. C'était sa langue.

Elle frissonna et, d'instinct, remonta ses genoux sur elle. Ce qu'il faisait était trop invasif. Trop intime.

— Laisse-toi faire, n'aie pas peur.

Impossible de résister aux accents pressants de la belle voix rauque.

Aussitôt qu'elle eut de nouveau déplié les jambes, il reprit ses savantes caresses, se servant de sa langue et de ses doigts.

Il en glissa un en elle. Des sensations inconnues se propagèrent dans tout son corps, délicieuses et ensorcelantes.

— Tu es si serrée…

— Alvaro…

— J'aime ta saveur, Jade. J'aime tout de toi.

Lentement, il instaura un enivrant va-et-vient en même temps qu'il léchait doucement son clitoris. Les sensations se démultiplièrent, et une tension infernale prit possession de tout son être. Jade s'agrippa au drap et arqua le dos tandis qu'Alvaro redoublait d'ardeur et de virtuosité, la faisant haleter sans retenue.

Soudain, le plaisir devint trop intense.

Elle poussa un cri et bascula dans la jouissance.

Le souffle court, Jade redescendit sur terre, épuisée.

Épuisée mais pas rassasiée. Parce qu'elle brûlait toujours de sentir Alvaro en elle.

— Alvaro…, murmura-t-elle.

— Je suis là.

Immobile au pied du lit, un sourire satisfait aux lèvres, il la regarda un long moment.

La bouche sèche, elle se redressa sur les coudes pour le regarder se déshabiller. Il commença par sa chemise, qu'il ôta avec une lenteur délibérée, les yeux rivés aux siens. Puis, toujours aussi lentement, il referma les mains sur la boucle de sa ceinture tandis qu'elle suivait ses moindres gestes en retenant son souffle.

Il fit descendre la fermeture Eclair…

Fascinée, elle contempla le caleçon noir, les cuisses musclées. Il se rapprocha du lit et prit quelque chose sur la table de nuit.

Elle le regarda dérouler lentement un préservatif sur l'impressionnante érection…

— Tu veux me toucher ? Me caresser ?

Sans réfléchir, elle se redressa et s'agenouilla sur le lit.

Oui, elle voulait le toucher, le goûter, le lécher. Elle voulait découvrir tout ce qu'elle n'avait jamais connu.

Lorsqu'elle tendit la main vers lui, il ne bougea pas. Les jambes écartées, il ressemblait à un guerrier se préparant à l'assaut. Quand elle appuya ses paumes sur le torse puissant, une plainte franchit les lèvres d'Alvaro.

Enhardie par sa réaction, elle commença sa lente exploration. Il tressaillit. Elle sentit la chaleur exsuder du corps athlétique aux muscles bandés à l'extrême.

— Tu disais que tu étais très viril, dit-elle tout bas. Mais tu es aussi très beau.

Elle sentit la chaude moiteur se répandre entre ses cuisses. Son excitation redoubla. Le besoin de le sentir en elle devint presque insoutenable.

Levant les yeux, elle le vit esquisser un sourire incroyablement sensuel.

— Dis-le-moi.

— Prends-moi, je t'en supplie. Je te veux en moi. Tout à moi.

Il la souleva par la taille et la rallongea sur le lit, avant de s'étendre à côté d'elle. Puis il l'embrassa, exacerbant son désir.

Délicatement, il lui écarta les jambes et la caressa de nouveau de ses doigts. Il ne lui demanda plus si elle était sûre d'elle, si elle était prête. Il le savait déjà.

Les yeux dans les yeux, ils communiquaient dans un langage secret. Leurs cœurs battaient à l'unisson.

Soudain, le regard toujours soudé au sien, il s'installa au-dessus d'elle et s'appuya sur les mains. Puis il reprit possession de sa bouche tandis que, d'instinct, elle lui refermait les bras autour du cou.

— Doucement, fit-il, les mâchoires crispées…

Une tension formidable empreignait ses traits, émanait de tout son corps. Il s'efforçait d'être doux et délicat avec elle. Or elle ne voulait pas qu'il se retienne. Le besoin de le sentir en elle oblitérait toute peur, toute appréhension.

— Embrasse-moi, murmura-t-elle.

Mais elle n'attendit pas qu'il le fasse. Elle l'embrassa en soulevant les hanches tandis qu'il la pénétrait enfin.

Elle ferma les yeux et s'abandonna à lui corps et âme. Il se retira, puis donna un nouveau coup de reins qui lui arracha un cri.

Une sorte de rugissement franchit les lèvres d'Alvaro. Il se redressa en s'appuyant sur les mains, avant de s'enfoncer plus puissamment encore en elle. Elle se cramponna à ses avant-bras. Le va-et-vient se fit plus rapide, plus sauvage. Aucun mot n'aurait pu traduire ce qu'elle ressentait. Ils communiquaient maintenant par halètements entrecoupés de gémissements.

Il se rallongea sur elle, l'emprisonnant dans sa chaleur et sa force de la même façon qu'elle le retenait prisonnier en elle et sentait ses muscles intimes se resserrer autour du membre enfoui en elle.

Ils se mirent à trembler, des spasmes les parcoururent tous les deux tandis qu'ils s'accrochaient l'un à l'autre en haletant, avant de sombrer ensemble dans l'extase.

— J'aime être dans tes bras, chuchota Jade dans le creux de l'épaule d'Alvaro. J'aime être enveloppée dans ta chaleur.

Lui aussi, il aimait cela. Il aimait sentir les bras fins refermés sur son dos et la cuisse mince arrimée à sa hanche. Il aimait être si étroitement enlacé à elle que leurs deux corps ne faisaient plus qu'un.

Il avait essayé d'être doux, d'y aller lentement... Mais, submergé par le désir, il avait cédé au feu qui couvait en lui. Et lorsque Jade avait creusé les reins, il l'avait pénétrée, encore et encore, avant de s'abîmer dans sa merveilleuse chaleur de femme.

À présent, ses longs cheveux étaient épars sur l'oreiller en un ravissant désordre. Elle avait les pommettes rose vif, les yeux étincelants.

Elle en voulait encore, sa belle petite reine…

— Alvaro…

— Je sais.

La fatigue se lisait sur les traits délicats, mais être ainsi blottie dans ses bras ne lui suffisait pas. Et pour une fois, il ressentait la même chose là où, avec une autre, il en aurait déjà eu assez.

— Je suis épuisée, mais je…

— Je sais, répéta-t-il. Mais nous avons tout notre temps, ma douce. Il n'est même pas 21 heures…

Il repoussa une mèche de sa joue en souriant.

— Nous avons toute la nuit.

Mais brusquement, cela ne lui parut plus suffisant.

8.

Jade se réveilla lentement, lovée dans la merveilleuse chaleur du corps athlétique pressé contre le sien, un bras musclé lui enserrant la taille.

Ils avaient peu dormi… Après la première étreinte, Alvaro lui avait fait couler un bain et, suivie d'un assortiment de barres énergétiques au chocolat et aux fruits secs, ce moment de détente l'avait complètement régénérée.

Ensuite, ç'avait été une suite de découvertes exaltantes, de plaisirs décadents, de voluptés aussi intenses que délectables.

Mais, en dépit des multiples orgasmes éblouissants offerts par son fabuleux amant, le désir pulsait déjà de nouveau en elle. Tout son corps réclamait, palpitait.

— À Monrova, on te sert le petit déjeuner au lit, je suppose, demanda-t-il dans ses cheveux.

— Ma femme de chambre m'apporte une tasse de café.

— Avec de la crème et du sucre ? Je m'en occupe.

La chaleur s'évanouit avant même que Jade ait eu le temps de lui répondre.

Elle se redressa sur son séant.

C'était déjà terminé ?

La panique l'envahit d'un coup. Qu'avait-elle fait ? Et s'il y avait des caméras dans la rue ? Et si quelqu'un la surprenait maintenant au lit, après sa nuit de débauche ?

Et alors ? Cela serait-il si catastrophique ?

Son père n'était plus là pour la juger ou la punir. Mais ce n'était pas d'une éventuelle menace extérieure qu'elle avait peur. C'était d'Alvaro. Et d'elle-même.

Comment se comporter avec un homme avec qui elle avait partagé une aussi troublante intimité ? Car ce qu'elle avait vécu avec lui dépassait le plaisir purement physique.

Non, elle divaguait. Il s'agissait d'un phénomène hormonal. D'instinct animal. D'excitation et de désir purs.

C'était cela qu'il lui avait offert. Le temps d'une nuit. À présent, elle devait s'en aller. Parce que, sinon, elle aurait risqué de s'égarer. De se perdre. Ce qui ne lui était encore jamais arrivé jusque-là.

Jusqu'à ce qu'elle le rencontre.

Elle refoula les souvenirs brûlants qui défilaient dans son esprit. Il fallait quitter cet appartement. Mettre un terme à cette aventure *maintenant*. Alvaro ne désirait pas davantage. Et elle non plus. Elle ne pouvait se le permettre.

Et puis, le but de l'échange avec Juno n'était-il pas de pouvoir se retrouver seule avec elle-même ?

Ramassant culotte et combinaison, elle les enfila à la hâte avant de se diriger vers la cuisine pour récupérer sa petite robe noire, restée là où elle était tombée la veille au soir.

Alvaro leva les yeux à son entrée et reposa la tasse qu'il tenait à la main, puis la regarda reculer en serrant sa robe contre sa poitrine.

Une lueur indéchiffrable éclaira furtivement ses yeux.

— Tu ne restes pas pour le café ? demanda-t-il d'un ton neutre.

Elle secoua la tête en silence, sortit de la cuisine et passa rapidement sa robe. Il fallait qu'elle s'en aille. Tout de suite.

— Et maintenant ? demanda lentement Alvaro en la rejoignant. Tu n'as plus à t'inquiéter pour le poste de Juno. Tu es libre de faire ce que tu veux. Tu as des projets ?

Aucun.

— Trouver des néons ? proposa-t-il.

— Exactement. Et essayer la patinoire du Rockefeller Center, continua-t-elle en souriant. Avant d'aller me gaver de donuts et de pâtisseries chez Tiffany…

Elle se concentra pour trouver d'autres idées.

— Explorer les galeries d'art. Faire tout ce qu'une touriste se doit de faire à New York en décembre.

— Tu as réfléchi à la question, à ce que je vois.

— Oui, répondit-elle en redressant le menton. C'est mon Noël new-yorkais – le seul que je pourrai jamais m'offrir.

— Il doit y avoir beaucoup de neige, à Monrova. J'imagine des traîneaux avec clochettes, des pâtisseries à la cannelle…

— Dans certains foyers, sans aucun doute.

— Pas au palais ?

— C'était un jour comme un autre. Avec les cours habituels. Il n'y avait pas de réunion de famille. Je dînais avec mon père dans la salle à manger comme tous les soirs. Et j'avais droit aux sempiternels sermons.

— Pourtant, la nuit dernière, tu m'as dit avoir été gâtée.

— Je l'ai été. Mais pas de la même façon que les autres enfants. Alors cette année, pour une fois, je veux un *vrai* Noël.

— C'est-à-dire ? fit-il en battant des cils.

— Je ne sais pas vraiment.

Elle sourit.

— Comme ceux qu'on voit dans les films ? fit-elle.

— Dans les films ? demanda-t-il, l'air interdit.

— Mais oui, tu sais bien. Tous ces gens qui font des kilomètres pour trouver le cadeau idéal pour leur enfant, ou qui affrontent des tempêtes de neige pour passer Noël avec ceux qu'ils aiment…

— Ce n'est pas vraiment la réalité, Jade.

— Ah bon ?

— Ces films voudraient nous faire croire que tout le monde est heureux ce jour-là. C'est faux. À mon avis, *personne* ne l'est.

— Tu es drôlement cynique.

— C'est ce que je pense.

— Tu veux dire que c'est ce que tu as vécu ?

— Je t'ai raconté que je n'avais pas grandi dans une structure familiale normale. Alors, non, je n'ai pas eu de Noël normal non plus.

— Tu n'as jamais passé Noël en famille ? demanda-t-elle, choquée. Excuse-moi, je n'aurais pas dû…

— Ce n'est pas de ta faute. Ni de la mienne.

Cette fois, il n'était pas sincère. Pas avec elle mais avec lui-même. Mais pourquoi s'interroger à son sujet puisqu'elle ne le reverrait jamais… Poussée par la curiosité, elle ne put néanmoins s'empêcher de lui demander :

— Qu'est-ce que tu faisais, le jour de Noël ? Comment…

— Je travaillais.

— Pardon ?

— Tu as bien entendu. Dès que j'ai été assez grand pour travailler. C'est le moment idéal pour se faire de l'argent – les gens sont très généreux, ce jour-là. Ils ne mégotent pas sur les pourboires.

— Et tu passes toujours tes Noëls à travailler ?

— Bien sûr. C'est un jour stratégique : je planifie l'année à venir.

— Un jour stratégique ? Noël ?

Elle le dévisagea avec stupeur.

— C'est encore pire que ce que je vis à Monrova.

— En quoi est-ce pire ? demanda-t-il en riant. C'est hyper productif. J'aime le calme et la tranquillité qui règnent à ce moment-là. J'abats une quantité phénoménale de travail.

À l'instant où elle allait répliquer, le téléphone de Juno vibra dans son sac.

« Jade » lut-elle sur l'écran.

Autrement dit, *Juno*. Pourquoi cherchait-elle à la joindre ?

Elle ne se posa pas longtemps la question. La veille, elle avait vu les photos dans un journal qui traînait sur la table voisine du café où elle déjeunait. Les photos de Juno, au bal d'Hiver en compagnie de Leonardo, échangeant avec lui un regard qui n'avait rien de protocolaire.

Le roi de Severene et la fausse reine de Monrova se dévoraient littéralement des yeux.

Sa sœur souhaitait parler à Leonardo. Elle avait paru sincèrement inquiète en apprenant que Jade envisageait de l'épouser pour des raisons purement diplomatiques et lui avait dit de se méfier. Pourtant, à en juger par les photos et les commentaires parus dans la presse, les fiançailles paraissaient bel et bien d'actualité.

Sauf que celle que tous prenaient pour la reine de Monrova était en réalité la princesse Juno.

— Tout va bien ? demanda Alvaro en fronçant les sourcils.

Jade attrapa la veste en cuir de sa jumelle.

— Je dois y aller. Il faut que je rappelle quelqu'un, c'est urgent.

— Tu peux…

— Je m'en vais, dit-elle, désireuse de s'éloigner de lui pendant qu'elle en avait encore le courage.

— OK.

Mais comme elle arrivait devant la porte, il lui saisit le bras.

— Ça va ? insista-t-il.

Elle resta figée. Ce simple contact suffisait à réveiller ses sens, qui n'attendaient que cela.

— Je me sens merveilleusement bien. Toi aussi, j'espère ?

L'expression inquiète disparut, remplacée par une autre, indéchiffrable. Il desserra ses doigts.

Et Jade en profita pour filer.

Elle sortit de l'immeuble en courant presque et frissonna dans l'air glacial.

Des gens marchaient à pas pressés sur les trottoirs. Aucun événement extraordinaire ne semblait avoir chamboulé leur vie en l'espace d'une nuit. Alors qu'elle venait de vivre un bouleversement total qui pèserait à jamais sur son existence.

Empruntant une petite rue moins fréquentée pour être au calme, elle rappela Juno.

— Allô ? Jade ?

— Juno ! Je suis si contente de t'entendre ! Excuse-moi de ne pas t'avoir répondu tout de suite. Il est… Il est très tôt, ici. Et je croyais que nous avions dit que nous ne chercherions pas à entrer en contact, par simple mesure de sécurité ?

— Jade… Je… Moi aussi je suis très contente de t'entendre.

Jade se raidit. Il y avait un accent douloureux dans la voix de sa sœur. Une sorte de désarroi qui ne lui ressemblait pas du tout.

— Je suis désolée de t'avoir réveillée, dit Juno. Et je sais que je ne suis pas censée t'appeler, mais…

— Juno, que se passe-t-il ? demanda Jade avec inquiétude.

— Quelque chose est arrivé, répondit précipitamment sa jumelle. Une chose… à laquelle je ne m'attendais pas…

— Il s'agit de Leonardo et de ta visite officielle à Severene ? demanda Jade, gagnée par un pressentiment. Vous formez un couple magnifique.

— Nous ne sommes pas un couple, répondit aussitôt sa sœur, sur la défensive.

Jade ne put s'empêcher de sourire.

— Tu en es certaine ? répondit-elle gentiment. Vous avez l'air d'être très heureux ensemble, sur toutes les photos parues dans la presse et postées sur les réseaux sociaux. À propos, tu joues mon rôle à la perfection ! Tu es même meilleure que moi, je trouve.

— Je suis douée pour faire semblant, c'est tout.

Faire semblant ? Ce n'était pas l'impression qui se dégageait des photos…

— Tu ne fais semblant de rien du tout, Juno. Tu es naturelle. Je t'ai toujours dit que Père avait eu tort de ne pas envisager de te choisir pour lui succéder. Tu t'en souviens ?

Léger silence.

— Tu ne m'en veux pas ?

— Pourquoi t'en voudrais-je ? répondit Jade, stupéfaite.

— Parce que je ne devrais pas être à Severene et que cette histoire n'aurait pas dû devenir aussi compliquée… Et qu'elle pourrait se terminer par un incident diplomatique compromettant les relations entre Monrova et Severene.

Jade réfléchit un instant, puis répondit avec calme :

— Non, je ne suis pas fâchée contre toi, Juno. J'ai réalisé, à la lecture des articles parlant de vous deux, que Leonardo et moi n'étions vraiment pas faits l'un pour l'autre. Alors je suis très contente de m'être laissé persuader de venir à New York.

Cette escapade lui avait permis de prendre du recul. Et de se rendre compte qu'elle était encore à un âge où elle pouvait prendre son temps avant de se précipiter dans le mariage.

— Cela m'a ouvert les yeux, tu sais ? poursuivit-elle. Et je trouve ça super mignon, que quelque chose semble se développer entre vous.

— Il n'y a rien entre nous, murmura sa sœur. Rien de sérieux, en tout cas. Je… Nous sommes très attirés l'un par l'autre, c'est vrai. Et Leo est plus sympathique que je ne le pensais.

— Tu es sûre que votre relation est aussi superficielle que tu le prétends ? demanda doucement Jade. Sur les photos, il te regarde comme il n'a jamais regardé aucune des femmes qu'il a fréquentées.

— Oui, j'en suis certaine. Il n'y a rien de sérieux entre nous, répondit Juno, d'un ton maintenant plus hésitant. Jade, ce que j'aimerais savoir, c'est… Si Leo et moi nous couchons ensemble… Je veux dire… Il me l'a proposé et je… j'en ai très envie. Parce qu'il me plaît vraiment beaucoup, physiquement – tu vois ce que je veux dire ?

Cette fois, Jade réprima un petit rire incrédule. Elle comprenait trop bien ce que ressentait sa sœur… Parce qu'Alvaro lui plaisait *vraiment* beaucoup… Et même davantage…

— Nous en avons discuté, poursuivit Juno. Ce sera une liaison éphémère et purement physique. Sans aucune conséquence sur le plan diplomatique ou politique. Et il n'est pas question de mariage, naturellement. Mais si tu préfères que nous ne… Je ne veux pas compliquer les choses pour toi, tu comprends ? Pour toi et Leo, je veux dire.

Jade leva les yeux au ciel – ce qu'elle ne faisait jamais.

— Tu ne parles pas sérieusement, Juno ? Leonardo ne me doit rien, dans aucun domaine !

— Il y a une semaine, tu envisageais de l'épouser…

Là, Jade éclata franchement de rire.

— Ce mariage a toujours été uniquement destiné à garantir

les échanges commerciaux entre nos deux pays et à unir nos deux royaumes. Je n'arrive pas encore à comprendre comment j'ai pu penser que cela fonctionnerait entre nous.

— Je ne te reconnais pas, dit lentement Juno. Tu as l'air bizarre… Tout se passe bien, à New York ?

— C'est… C'est très instructif à bien des niveaux.

S'interrompant un bref instant, Jade ferma les yeux pour repousser les pensées folles qui fusaient dans son esprit.

— Je découvre des choses sur moi dont je n'étais pas consciente, reprit-elle. Et ce n'est pas toujours agréable.

Elle avait été si naïve, si docile, si soumise… Et si égoïste.

— Quel genre de choses ? Il n'y a rien de désagréable en toi.

— Je pensais la même chose ! s'exclama Jade en éclatant à nouveau de rire.

Mais elle perçut une fêlure dans sa propre voix.

Elle s'était crue loyale, respectueuse envers ses devoirs. Alors qu'au fond elle n'était qu'une lâche.

— Si tu as des ennuis, tu peux me le dire, Jade. Ou nous pouvons échanger nos places, tout de suite.

— Non. Pas encore. J'aimerais vraiment rester jusqu'au nouvel an comme prévu. Sauf si tu…

— Non, je préfère moi aussi ne pas rentrer à New York maintenant.

— Super. Écoute, il faut que je te laisse – j'ai une journée chargée devant moi, mentit Jade. Mais quoi que vous fassiez, ou ne fassiez pas, toi et Leonardo, vous avez ma bénédiction. D'accord ?

— D'accord, répondit Juno, d'un ton nettement plus gai.

— Mais fais-moi plaisir, dit Jade avant de raccrocher. Ne sous-estime pas tes sentiments pour lui. Ils sont peut-être plus forts que tu ne le crois.

Sur ces mots, elle mit fin à l'appel, craignant de se laisser aller et de parler à Juno de ce qu'elle avait vécu avec Alvaro. D'évoquer le désir qui continuait de la consumer malgré elle, au point qu'elle imagine de tout risquer pour revivre ces instants magiques.

Or elle était reine et ne pouvait se permettre de prendre *aucun* risque. Aussi se contenterait-elle d'être heureuse d'avoir vécu ces instants précieux. Et elle s'efforcerait de mettre les conseils d'Alvaro en pratique. Dès son retour à Monrova, elle se concentrerait sur elle-même, ses désirs et ses besoins, et les exprimerait clairement et fermement, quitte à déplaire à ses conseillers.

Un sentiment de libération l'envahit. En s'engageant dans cette aventure, Juno et elle s'étaient mises en danger. Mais elle ne regrettait rien. Et sa sœur non plus, manifestement. Si sa liaison avec Leonardo engendrait des problèmes, Jade les résoudrait à son retour à Monrova, voilà tout.

Surtout, elle avait pris une décision capitale : elle n'épouserait ni le roi de Severene ni aucun prétendant choisi pour elle par ses conseillers.

Elle ne se marierait pas non plus par amour. Ses parents s'y étaient essayés, et leur union avait mal tourné. Après un coup de foudre réciproque, ils avaient déchanté à peine quelques mois plus tard. Ils étaient issus d'univers trop différents. Quant à ce qu'elle-même éprouvait pour Alvaro, il s'agissait de désir charnel, pur et simple. Et cette brève expérience avait été parfaite.

Limitée dans le temps et parfaite.

En fin de compte, elle n'épouserait personne, telle était sa conclusion. Et elle se passerait très bien de mari.

9.

Alvaro se remit à faire les cent pas. Jade, trop pressée de partir, n'avait même pas voulu du café qu'il lui avait préparé. Elle avait décampé à peine rhabillée… Mais quand il lui avait saisi le poignet pour la retenir un instant, elle avait prononcé ces paroles qui, depuis, tournaient en boucle dans son esprit.

« Je me sens merveilleusement bien. Toi aussi, j'espère. »

Ces mots tout simples l'avaient pétrifié, et il avait été incapable d'admettre qu'en effet il ressentait la même chose.

Elle n'avait pas demandé à le revoir. Et n'éprouvait manifestement aucun regret.

Eh bien, c'était parfait, non ? Il avait *désiré* qu'elle s'en aille. Il ne voulait rien de plus. Leur nuit fabuleuse se suffisait à elle-même. En se revoyant, ils auraient risqué de tout gâcher.

Alors pourquoi ce sentiment de vide ? Le lit paraissait trop grand, tout à coup. Il repensa à la douceur des longs cheveux, au satiné de sa peau, à la finesse de sa taille et à la rondeur de ses hanches… Au corps mince, doux et ferme.

Irrité, il se gratta la nuque et s'avança vers la salle de bains.

Le lendemain, il quitta New York pour enfin signer ce fichu contrat alors qu'il n'avait aucun besoin de se déplacer pour le faire. Il travaillait toujours pendant les vacances de Noël, de toute façon. Alors, à New York ou ailleurs…

Mais cela ne l'empêcha pas de penser à elle.

Finalement, il ne put résister au désir de l'appeler.

— Alvaro ? Quelque chose ne va pas ?

Ça alors… Devait-il avoir un problème pour l'appeler ?

— Je viens voir où tu en es avec tes projets. Tu es allée à la patinoire ?

— Tu m'aurais vue ! Une vraie championne !

Son rire mélodieux passa sur lui comme une caresse.

— Tu as dû patiner avant même de savoir marcher.

— J'ai trouvé la patinoire un peu petite et trop peuplée pour mon triple axel, en effet, fit-elle d'un ton léger.

— Tu as vu le sapin ?

— Oui, magnifique.

— Et des illuminations ?

— Des tonnes. Et de très belles vitrines.

— Quoi d'autre ?

— Vivrais-tu mes expériences par procuration ? répondit-elle d'un ton moqueur. Tu n'aimes même pas Noël…

— Je n'ai jamais dit cela, protesta-t-il. J'ai dit que je *travaillais* ce jour-là.

— Tu as dit aussi que les gens n'étaient pas heureux.

— Tu as vu la preuve du contraire ?

— J'ai vu beaucoup de familles réunies dans des restaurants. Et je leur ai trouvé l'air heureux.

— Tu n'as fait que les entrevoir. Tu n'as pas assisté aux festivités du début à la fin.

— Je n'allais tout de même pas rester dehors à les espionner derrière les vitres…

Elle était seule. Et elle n'aurait pas dû faire ces choses seule. Elle aurait dû être entourée par des proches ou des amis. Mais elle n'en avait pas. La seule personne à connaître la réalité de sa vie new-yorkaise, c'était lui.

Lorsque Alvaro rentra à Manhattan deux jours plus tard, il changea le lit, allant même jusqu'à acheter des nouveaux draps, bleu nuit, pour que rien ne lui rappelle Jade. Mais il ne parvint pas à trouver le sommeil, obsédé par le souvenir de son sourire et de la douceur de sa peau laiteuse, de la roseur qui colorait son visage quand elle jouissait. Ces moments passés avec elle avaient été l'expérience la plus érotique de sa vie. Quant au désir qui continuait de le dévorer, il allait finir par le rendre fou.

Cependant, ce n'était pas ces souvenirs brûlants qui le tracassaient le plus. C'était le sentiment d'avoir commis une erreur. Pas en faisant l'amour avec Jade, mais en l'abandonnant à sa solitude après leur nuit fabuleuse.

Il s'endormit finalement à l'aube, pour se réveiller une heure plus tard. Dans l'espoir de se débarrasser de la frustration et des regrets qui le rongeaient, il descendit à la salle de sport. En vain. Frustration et regrets ne firent que croître.

Au café du coin, il commanda un triple expresso, et son regard tomba sur le journal étalé sur une table voisine. Tourner trois pages lui suffit pour trouver ce qu'il cherchait. La reine Jade, alias la princesse Juno, et le roi Leonardo en balade à Severene, participant à divers événements publics.

À en juger par les gros titres, les spéculations sur un mariage imminent allaient bon train. L'irritation d'Alvaro se transforma en fureur. Jade avait-elle vu ces photos ? À quoi jouait sa jumelle ? Jade envisageait-elle sérieusement un mariage politique ? Était-ce pour cela qu'elle avait été aussi pressée de le quitter, l'autre matin ? S'agissait-il d'un stratagème dans lequel il avait fait figure de simple pion ?

Non. Ce n'était pas le style de Jade. Elle était trop loyale. Elle l'avait prouvé en se démenant pour sauver l'emploi de sa sœur. En outre, elle était prête à tout sacrifier pour son pays.

Et le seul vrai Noël qu'elle s'offrirait jamais, elle le passait seule.

Après la longue journée du 25 décembre, il retrouvait toujours Ellen. C'était déjà cela. Elle faisait de son mieux pour lui offrir quelque chose, ne fût-ce qu'un cadeau minuscule. En retour, il la comblait désormais de présents.

Si Jade voulait vivre un vrai Noël, peut-être pouvait-il l'y aider. Ensemble, ils réussiraient peut-être à améliorer un peu ce qu'ils vivaient d'habitude ce jour-là ?

Le jeudi, Alvaro ne put plus supporter cette situation absurde.

Après tout, rien ne les empêchait d'être amis, Jade et lui.

Mais en réalité, il savait très bien qu'il y avait un obstacle. Il n'avait jamais été l'ami de personne.

Ses liaisons avec les femmes ne duraient jamais plus de quelques jours. Il vivait ces aventures à fond puis les oubliait et passait à autre chose. Il ne s'agissait que de sexe. Mais ce n'était pas ce qu'il avait partagé avec Jade. D'où l'impossibilité de renouveler l'expérience. Elle n'était plus son employée, mais elle lui était encore plus interdite. Pas seulement à cause de sa vulnérabilité. Parce qu'il craignait fort de l'être lui aussi.

Cela ne l'empêcha pas de la rappeler.

— Alvaro ?

Il n'aurait pas dû être aussi heureux d'entendre sa voix mélodieuse. Ni se retrouver soudain à court de paroles.

— Chef ? reprit-elle de ce ton taquin qui lui plaisait tant.

Ce fut le déclic. Il sut ce qu'il devait faire.

— Tu as déjà goûté au lait de poule ? demanda-t-il en attrapant ses clés de voiture.

Une demi-heure plus tard, il toquait à sa porte, et elle apparaissait devant lui.

En jean slim, pull fin en mohair, ses grands yeux verts écarquillés.

Il se figea.

Ne l'embrasse pas. Ne l'embrasse pas. Ne l'embrasse pas.

— Alvaro ? fit Jade en reculant d'un pas. Qu'est-ce que tu fais ici ?

— Je ne t'embrasse pas, répondit-il stupidement.

Il tressaillit et reprit ses esprits.

— Je clarifiais simplement la situation, fit-il d'une voix plus douce. Je ne suis pas venu pour t'embrasser.

— Très bien, répondit-elle avec calme.

Mais une lueur de déception traversa ses yeux verts.

Quel imbécile ! Il se serait giflé, bon sang !

— Je pensais que tu serais déjà sortie. Il est plus de 10 heures et tu as des tas de choses à faire.

— Je… Pourquoi es-tu venu ?

— Je ne veux pas que tu passes Noël seule.

— J'ai l'habitude d'être seule, Alvaro. Tu n'as pas à t'inquiéter.

Sa fierté était de retour. Sa politesse. Son refus d'exprimer ses émotions et ses désirs. Ce n'était plus Jade qu'il avait en face de lui mais la reine de Monrova.

— J'aimerais te montrer quelques trucs.

Décidément, il s'y prenait vraiment comme un manche…

— Quels trucs ? demanda-t-elle en croisant les bras.

— Des… trucs, c'est tout. Je veux dire…

— Je croyais que nous ne devions pas nous revoir ? répondit-elle, de plus en plus distante.

— En ce qui me concerne, je me rends compte que c'était une précaution inutile.

— Une précaution ?

— Je ne pense pas que tu tombes amoureuse de moi parce que nous avons couché ensemble, et nous pourrions partir quelques jours…

Il s'interrompit. Immobile en face de lui, elle le dévisagea un instant en silence. De toute évidence, elle le prenait pour un imbécile arrogant.

— C'est cela que tu craignais ?

Oui. Impossible de dire le contraire.

— Je ne veux pas interférer dans tes projets d'avenir.

Elle sourit mais à sa façon altière.

— Rien n'interfère avec mon devoir envers mon pays.

— Je m'en rends compte. Excuse-moi. C'était de l'arrogance de ma part.

— C'était ? Cela t'a passé ?

— Il est possible que je rechute, dit-il prudemment.

— Serait-ce si terrible pour moi de tomber amoureuse de toi ? répondit-elle en scrutant ses traits.

— Oui. Parce que cela ne pourrait jamais fonctionner.

— Avec moi ? Ou avec n'importe quelle femme ?

— Avec n'importe laquelle, répondit-il sans hésitation.

Et avec un brin d'irritation. Comment en étaient-ils arrivés là, au juste ?

— Mais encore moins avec toi.

— À cause de la couronne, dit-elle avec un hochement de tête. Je crois qu'il vaut mieux que nous ne couchions plus ensemble. J'en suis même persuadée.

— Tu peux préciser ta pensée ?

— Le faire une fois était un risque calculé. Recommencer serait inconsidéré. Voire dangereux et stupide.

Le plus stupide, c'était que, alors qu'il avait lui-même décidé qu'il était hors de question qu'ils couchent à nouveau ensemble, l'entendre dire par Jade lui donnait envie de la contredire.

— Allez, prépare ce que tu souhaites emporter.

— Tu veux que je parte avec toi ? Maintenant ?

— Je te l'ai dit : je ne veux pas que tu passes Noël seule.

— Ce n'est pas encore Noël.

— Non, mais il approche.

Il se fendit d'un sourire.

— Ne sois pas rabat-joie. Prépare des affaires pour quelques jours. Nous serons de retour aussitôt après Noël.

— Tu m'invites à passer tout ce temps avec toi ?

Il dut faire un effort surhumain pour ne pas l'embrasser.

— Va préparer ton sac.

— Je n'ai pas le choix ? Tu m'enlèves ?

Oui, et manifestement l'idée ne déplaisait pas à Jade.

— Je vois plutôt cela comme un sauvetage. Tu préfères passer Noël dans cet appartement minuscule, seule ?

Elle tressaillit.

— Tu voulais un Noël différent de ceux que tu as connus à Monrova, Jade. Je ne peux rien te promettre, sinon d'essayer de t'offrir un peu mieux. En tout cas, ce sera différent, je te le promets, dit-il avec un petit sourire en coin.

Les yeux verts s'agrandirent mais elle ne dit rien.

— OK, fit-il avec un soupir. C'est un enlèvement.

10.

Cet homme était vraiment *impossible*. Et irrésistible.

Jade saisit le vieux sac de voyage de Juno tout en haut de la penderie, le posa sur le lit, y fourra des vêtements chauds et sa trousse de toilette.

Blessée par la barrière qu'Alvaro avait érigée entre eux en arrivant, elle avait failli refuser tout net. Mais le désir de partir avec lui l'avait emporté sur sa réticence. Il lui restait si peu de temps – pourquoi ne pas en profiter au maximum ?

Après sa virée en ville, elle était rentrée à l'appartement avec une provision de desserts qu'elle avait mis au réfrigérateur. Et alors qu'elle s'apprêtait à passer la soirée seule, résolue à ne pas trop penser à Alvaro, il était réapparu.

Mais pas pour l'embrasser, avait-il déclaré d'emblée. Pourtant, à en juger par le feu qui couvait dans les yeux d'ambre, il luttait lui aussi contre la tentation. Ensuite, quand il lui avait proposé de l'emmener quelques jours, elle avait tenté de résister, de toutes ses forces, mais les étincelles qui crépitaient entre eux avaient eu raison de ses bonnes résolutions. C'était trop excitant. Le simple fait d'être avec Alvaro lui donnait l'impression d'être si… vivante.

Non, résister à cet homme était impossible.

Quelques minutes plus tard, il observa l'épaisse veste verte à doublure de laine qu'elle avait enfilée, avant de lui prendre son sac. Puis il se détourna et sortit sans un mot de l'appartement.

— Pas de cabriolet, cette fois-ci ? demanda Jade en le voyant déverrouiller à distance la berline noire garée au bas de l'immeuble.

Pas de réponse.

— Où allons-nous ? demanda-t-elle après avoir bouclé sa ceinture de sécurité.

— Sur la côte, dit-il en démarrant. Mais il y aura quelques arrêts en cours de route, OK ?

— C'est toi le chef.

Il ne répondit pas et se concentra sur la conduite tandis que Jade se retenait de sourire. Non, il n'était pas aussi insensible à sa présence qu'il voulait le faire croire.

De son côté, elle regarda résolument devant elle, s'interdisant de tourner les yeux vers lui. Dans ce pull à col roulé noir et ce jean bleu indigo, il était encore plus somptueux et ténébreux que jamais. Et terriblement attirant.

Quelques jours en camarades. *Sans* baisers.

Il était d'une arrogance très agaçante, mais elle se détendit et fut peu à peu envahie par une sensation de bien-être. Elle était ravie de quitter la ville et d'aller « sur la côte ».

— Nous nous dirigeons vers New Haven, dit-il soudain, crispé. Nous y passerons la nuit. Demain matin, nous rendrons visite à quelqu'un et, ensuite, nous reprendrons la route. Direction chez moi.

— À qui rendrons-nous visite ?

— Ellen.

La femme de la photo. Celle qui « l'avait sauvé ».

— Tu as grandi à New Haven ?

— Non. C'est là qu'elle vit maintenant. Et elle travaille toujours le jour de Noël. Elle accueille tous les miséreux qu'elle croise sur son chemin, si bien qu'elle se retrouve avec une foule de bouches à nourrir.

Il avait dit cela d'un ton agacé.

— Tu désapprouves ?

— Bien sûr que non, fit-il en soupirant. Mais Ellen en fait trop. Elle n'est vraiment plus toute jeune et n'a pas besoin de…

— Combien de personnes viennent déjeuner chez elle ?

— Je ne sais jamais combien exactement. Elle prépare

des tonnes de nourriture et sert les jours suivants les restes à ceux qui défilent.

— Ça a l'air d'être quelqu'un, cette Ellen, dit Jade en souriant. Les gens aiment venir chez elle ?

— Oui, plutôt…

Il quitta soudain la voie principale et emprunta une route secondaire en direction d'un gros bourg. Quelques minutes plus tard, il se gara sur un parking à proximité de la place centrale. Des guirlandes électriques couraient d'arbre en arbre, entourant un petit marché de Noël aux baraques joliment décorées de fanions rouges et verts. Une atmosphère festive et chaleureuse se dégageait de l'ensemble.

— Nous sommes déjà arrivés ?

Ils descendirent ensemble de voiture.

— Non, mais j'ai l'impression que tu as besoin de manger quelque chose.

— Et moi j'ai l'impression que tu te projettes ! répondit-elle en riant.

— Probablement. Viens, ils font les meilleurs beignets de la région, ici.

Et il se dirigea droit vers une baraque où il commanda deux cafés et des beignets.

— Il faut absolument que tu goûtes ça, dit-il en lui tendant le plateau en carton.

Elle prit un beignet rond imbibé de miel et de vermicelles multicolores. C'était collant, sucré, brûlant, et délicieux.

— C'est bon, hein ? fit-il en la regardant se lécher les doigts.

— *Divinement* bon.

Un peu plus tard, alors qu'ils déambulaient devant les baraques, elle se tourna vers lui et demanda :

— Tu fais une halte ici chaque année ?

Il s'arrêta devant un étal proposant des caramels de toutes sortes.

— Oui, chaque année.

Ainsi, même s'il tenait à travailler ce jour-là, il avait ses petites traditions de Noël à lui…

Ils continuèrent leur balade en prenant leur temps, admirant au passage des décorations et des vêtements fabriqués par les artisans locaux.

Soudain, Jade s'immobilisa devant une longue table faite d'une planche reposant sur des tréteaux, sur laquelle était disposé un incroyable assortiment de miniatures en pain d'épices – des maisons, des bonshommes, des étoiles… – et de minuscules puddings de Noël aux couleurs tendres.

— Ça se mange ? demanda-t-elle à la femme qui tenait le stand. Ils sont si petits…

— Bien sûr. Choisissez-en, je vous l'offre, proposa la marchande en souriant.

— Merci beaucoup ! murmura Jade, aux anges.

Elle prit délicatement une étoile aussi finement travaillée que de la dentelle et la glissa entre ses lèvres.

— Quel délice…

Elle se tourna vers Alvaro.

— Nous pourrions en prendre quelques-uns pour Ellen ? Pour son dîner de Noël ?

— Bonne idée.

La marchande en déposa délicatement une douzaine dans un carton blanc, et dix minutes plus tard Alvaro rangea précautionneusement celui-ci dans le coffre de la berline.

— Qu'est-ce que tu as préféré, au fait ? demanda-t-il en se tournant vers elle. Les beignets, ou les caramels ?

— Les deux étaient délicieux.

— Non, répondit-il en secouant la tête. Tu dois choisir entre les deux.

— Pourquoi devrais-je choisir ?

— Parce que tu dois apprendre à exprimer tes désirs et à dire ce que tu penses vraiment. Et que, pour y arriver, il faut prendre parti. Faire des choix.

— Je peux très bien trouver un bon côté à toute chose.

— Ah ? Alors, même si tu détestes quelque chose, tu lui trouves un côté positif qui te permet de l'approuver ?

Elle le foudroya du regard.

— À t'entendre, dit-elle, agacée, on croirait que c'est mal.

— En effet. C'est malhonnête.

— Pas du tout. C'est… judicieux. Cela s'appelle « être aimable ».

— Non, c'est lâche. Et cela s'appelle mentir. Tu…

— Je ne mens pas, le coupa-t-elle, blessée.

Il s'écarta de la voiture et se rapprocha d'elle.

— Tu n'es pas sincère.

Comment pouvait-il dire cela ? Alors qu'elle s'était complètement laissée aller avec lui ? Elle avait été sincère, vulnérable, elle avait pris des risques. Et il le savait.

— Dis-moi ce que tu aimes, poursuivit-il, les yeux étincelants. Cite-moi *une* chose que tu aimes plus que tout le reste et que, si tu le pouvais, tu ferais tous les jours.

La colère monta en Jade. Elle ne se laisserait pas intimider. Elle ne dirait pas ce qu'il voulait l'entendre dire.

— Qu'est-ce que tu désires, Jade, insista-t-il, farouche. Tu as le droit de le dire. Tu n'as pas besoin de ma permission ni de celle de personne. Pourquoi est-ce si difficile ? Tu l'as déjà fait avec moi, pourtant.

— C'était différent, répondit-elle, les mâchoires crispées.

— En quoi ?

— Il s'agissait d'une seule fois. D'une seule nuit.

Elle ne répéterait pas ce qu'elle lui avait déjà dit. Elle ne lui ferait pas ce plaisir.

Redressant le menton, elle vint vers lui.

— Je désire que tu te taises. Que tu cesses de me provoquer et que tu passes à autre chose.

— Autre chose ? fit-il en haussant un sourcil.

— Tu sais très bien à quoi je fais allusion. Tu en as envie toi aussi. Tu es aussi peu sincère que moi. Tu n'étais pas revenu pour m'embrasser ? Tu es un menteur, Alvaro.

— Mais tu partages mon avis : ce ne serait pas raisonnable.

— En effet, répondit-elle d'une voix ferme.

Ce petit voyage n'était pas une bonne idée. Parce qu'elle

se sentait irrésistiblement attirée par lui alors que rien n'était possible entre eux.

Coucher de nouveau ensemble ? Revivre cette magie, cet envoûtement de tous les sens ? Impossible. Car ce n'était pas seulement du désir sexuel qu'elle ressentait pour lui. Il éveillait tant d'autres aspirations en elle.

— Je dois réfléchir à mon mariage avec un autre homme.

Peu importait que ce ne soit plus vrai. Le prétendre l'aiderait à garder ses distances et à ne pas succomber à la tentation.

— As-tu jamais songé sérieusement à épouser cet homme ? Et continues-tu de l'envisager ?

Il fronça les sourcils.

— Maintenant ? Après…

Un frisson la traversa. Il n'y avait qu'un seul moyen d'éradiquer le désir qu'ils éprouvaient l'un pour l'autre.

— Je n'ai pas éliminé cette possibilité. Mais je dois d'abord savoir ce qu'il veut.

— Ce *qu'il* veut ? Autrement dit, s'il souhaite aller plus loin, tu le suivras ?

— Il est de mon devoir…

Alvaro émit un son guttural.

— Il est de mon devoir, reprit-elle, de faire ce qui est bon pour mon pays. Rien ni personne ne passera avant mon devoir envers la couronne.

— Tu crois vraiment à ce que tu dis ? demanda-t-il en se penchant vers elle. Tu penses vraiment que tes désirs passent en second ? Que tu dois sacrifier ta vie au nom d'un devoir que tu dis avoir en vertu d'un stupide ordre de naissance ?

Elle le foudroya du regard. C'était exactement ce qu'elle pensait, en effet.

— Tu t'en sers pour te cacher, te protéger, dit-il, la voix plus dure. Cela t'évite de t'affirmer et de te battre pour obtenir ce que tu désires réellement.

Il s'interrompit un instant pour reprendre son souffle.

— Ton père était un homme strict, OK, mais tu n'as plus

à lui obéir. Ni à lui ni à *personne*. Tu peux faire tes propres choix et être indépendante.

Un sentiment de désespoir s'abattit sur elle.

— Je suis la reine de Monrova, Alvaro. Je ne pourrai *jamais* être indépendante.

Il sortit une coupure de journal de la poche arrière de son jean et la lui fourra dans la main. Elle le dévisagea un instant en silence, puis baissa les yeux avant de les relever aussitôt.

— J'ai déjà vu ces photos.

— Quand ?

— L'autre jour.

— Avant que nous ne passions la nuit ensemble ? répondit-il en fouillant son regard.

Elle hésita, puis baissa de nouveau les yeux sur la page froissée.

— Non, après notre discussion, le dernier soir, au bureau.

— Mais cela a-t-il influencé la décision que tu as prise ?

— Non. C'était *ma* décision.

Stupéfaite, elle contempla les photos de Juno et Leonardo. En fait, elle n'avait vu que celles prises lors du bal d'Hiver. Cette fois, on voyait Juno parlant à une petite fille, l'air bien plus détendue qu'elle-même en de semblables occasions. De toute évidence, les rumeurs évoquant une romance avec Leonardo étaient fondées.

Une douce chaleur l'envahit.

— Sait-il à qui il a affaire ? demanda Alvaro.

La presse et le monde entier croyaient qu'il s'agissait d'elle, Jade. Ils croyaient assister à la naissance d'une grande histoire d'amour. Tous jasaient déjà sur le mariage royal du siècle. On parlait d'un véritable conte de fées.

Mais que se passerait-il lorsqu'elle rentrerait à Monrova ? Que deviendrait le conte de fées une fois que Juno et elle auraient repris leurs places respectives ?

— Il sait qui elle est, je me trompe ?

Sans aucun doute. Jade avait confiance en Juno. Sa sœur ne ferait rien qui puisse lui nuire. Elle avait affiché son aversion pour un mariage de convenance entre sa jumelle et Leonardo. Ce qui se passait entre eux relevait d'autre chose. De sentiments dont Juno elle-même n'était pas totalement consciente.

— Et alors ? Tu n'es pas blessée ? demanda Alvaro avec colère. Tu ne viens pas de dire que tu envisageais toujours d'épouser ce type ? Cela ne te fait rien, de voir ces photos ?

— Elles suscitent toutes sortes de réactions en moi, mais non, je ne suis pas blessée.

— OK. Quelles réactions ? Cite-m'en au moins une.

— Je souhaite que Juno soit heureuse. Elle *mérite* de l'être.

— Et toi, tu ne le mérites pas ?

— Ce n'est pas parce que nous sommes jumelles qu'il faut sans cesse nous comparer.

Elle détestait cela, et Juno aussi.

— Et je peux très bien penser à elle sans penser aussitôt à moi. Je souhaite *qu'elle* soit heureuse.

— Très bien. Mais j'aimerais savoir si tu es affectée par ce qui lui arrive. Si cela a un impact sur ta vie personnelle.

Elle ferma un instant les yeux.

— Ma vie, mes intérêts sont liés à ceux de mon pays. Le choix de mon mari dépendra des besoins de la nation.

— Tu peux développer ? Et m'expliquer en quoi le choix de ton mari jouera un rôle dans…

— Cela ne jouera *aucun* rôle dans rien du tout ! répondit-elle en explosant. Parce que je n'épouserai *personne* !

Toute dureté, toute colère disparurent du regard d'Alvaro.

— Enfin. Tu vois enfin clair. Maintenant, allons-y avant qu'il ne fasse trop froid.

Sa colère avait disparu, mais pas celle de Jade. Elle lui en voulait terriblement. En quelques jours, elle avait été soulagée de renoncer à tout projet de mariage arrangé. Et soudain, elle avait l'impression de se retrouver sans rien. Alvaro l'avait forcée à regarder sa solitude en face. Comment rencontrerait-elle quelqu'un ? Qui accepterait de partager la vie de proscrit qu'elle menait ? Pas lui, en tout cas.

Une heure passa dans le silence le plus complet, et il se

gara devant un hôtel. La réceptionniste dévisagea Jade en écarquillant les yeux, mais la prit heureusement pour Juno.

— Elle t'a reconnue, murmura-t-il en déclinant l'aide du porteur qui s'avançait pour prendre leurs bagages.

Il s'arrêta devant une porte et lui tendit son sac.

— Voici ta chambre, la mienne est un peu plus loin.

Le bel éclat doré incendia les yeux d'Alvaro.

— Je suggère que nous allions dîner à l'extérieur. Je passe te prendre dans une demi-heure.

Manger ? Encore ?

Elle retint un gémissement mais entra néanmoins dans sa chambre avec le sourire. Ayant fourré ses affaires pêle-mêle dans le sac de Juno, elle renversa le tout sur le lit.

Lorsqu'elle souleva le sac vide, elle sentit quelque chose de dur dans la poche intérieure. Ne se rappelant pas y avoir mis quoi que ce fût, elle ouvrit la fermeture Eclair et découvrit une liasse de documents.

À la lecture du nom inscrit en en-tête du premier, son sang se glaça dans ses veines.

Alice Monroe.

Le cœur battant à tout rompre, elle les étala sur le lit et se saisit d'une photo de Juno en pied. Sa jumelle devait avoir une quinzaine d'années, et sa façon de relever le menton d'un air de défi contrastait avec la tristesse de son regard.

Le cœur de Jade se serra douloureusement. Sa sœur n'aurait jamais dû affronter tant de difficultés seule. Après avoir été bannie de Monrova. À cause de la femme trop mince et comme usée qui se tenait à ses côtés ?

Leur mère. Alice. Sur cet instantané, elle avait un verre à la main et son visage amaigri trahissait sa dépendance à l'alcool. Toute sa belle vitalité d'autrefois avait disparu.

Jade en savait si peu sur sa mère et sur l'univers dans lequel Juno avait grandi. La gorge nouée, elle lut une autorisation de sortie d'un hôpital où sa mère avait été brièvement admise pour « réhydratation ».

À Monrova, Jade avait grandi entravée par des interdits

et des barrières de toutes sortes, mais Juno, elle, n'avait pas connu la moindre sécurité. Dès son plus jeune âge, elle avait été confrontée à de graves problèmes d'adultes et à des situations extrêmement difficiles, comme l'attestaient les nombreux formulaires remplis de sa main. Il y avait aussi des factures impayées, ainsi que les documents relatifs à la saisie de leur appartement.

Jade faillit l'appeler sur-le-champ. Mais ce n'était vraiment pas le moment de lui parler de cela. Surtout que Juno n'avait jamais évoqué ces difficultés. Elle ne s'était pas confiée. Au contraire, Juno s'inquiétait pour sa jumelle et lui avait proposé cet échange pour que, de son côté, Jade jouisse de trois semaines de liberté et prenne le temps de réfléchir à ce qu'elle désirait vraiment.

C'était bon de savoir que Juno se souciait d'elle, mais Jade n'avait pas besoin de sa protection. Elle ne voulait pas être considérée comme une poupée fragile, ou un être plus précieux que les autres.

Elle n'était ni l'un ni l'autre.

Alvaro avait raison. Elle avait été lâche. Elle aurait dû affronter son père lorsqu'il s'était comporté de façon si brutale avec Juno, avec sa mère, et avec elle-même. Après son décès, elle aurait dû défier ses vieux conseillers. Mais elle n'en avait pas eu le courage. Elle présentait au monde une façade sereine et capable, celle du monarque parfait, alors qu'elle en était loin.

Elle avait été si naïve dans ce projet d'alliance politique. Encore deux semaines plus tôt, elle avait été prête à tous les sacrifices. À fermer les yeux sur les infidélités de son futur époux en vivant de son côté dans la chasteté. Mais ce qu'elle avait dit plus tôt dans la journée à Alvaro reflétait désormais sa décision. Elle ne se marierait pas. Elle ne le pouvait pas.

Pouvait-on tomber amoureux aussi vite ? Manifestement oui. Même si elle refusait de l'admettre tant cela lui paraissait horrible.

De légers coups frappés à la porte la firent sursauter.

Alvaro. Elle n'était pas en état de le voir maintenant.

— Jade ? fit-il en toquant de nouveau, la voix inquiète.

Si elle ne répondait pas, il appellerait la sécurité.

— Une minute ! cria-t-elle en entrebâillant la porte. Je…

Il poussa la porte et s'avança dans la pièce.

— Que se passe-t-il ?

Son regard tomba sur les documents épars sur le lit…

Elle se précipita pour les rassembler, mais ses mains tremblaient. Il vint l'aider sans dire un mot.

— Je… J'ai pris un vieux sac de Juno, je ne m'étais pas aperçue qu'il y avait quelque chose dedans.

Elle remit les documents dans la poche intérieure, referma la fermeture Eclair, puis se tourna vers Alvaro.

— Ma mère était une actrice célèbre, mon père, un splendide roi. Leur histoire d'amour a défrayé la chronique. Un vrai conte de fées.

Mais peu après leur mariage, sa mère avait déchanté. Elle n'avait pas pu s'adapter à la vie royale. Ensuite, après la séparation, une fois expédiée aux États-Unis avec Juno, elle avait été incapable de faire face à sa « liberté » recouvrée.

Brusquement, une existence bornée par de multiples devoirs parut plus sécurisante à Jade.

— J'ignorais ce que vivait Juno avec notre mère, dit-elle. Je regrette qu'elle ne m'en ait pas parlé.

— Tu aurais pu l'aider, si elle l'avait fait ?

Elle haussa l'épaule.

— Je n'en sais rien… Mais je n'ai même pas pu essayer. Elle aurait dû se confier à moi. Elle n'aurait pas dû avoir à affronter autant de difficultés toute seule.

— Tu avais les tiennes.

— Comparées à celles de Juno, ce n'était pas grand-chose.

— Tu ne peux pas t'en vouloir d'avoir ignoré ce qu'elle traversait. Vous viviez chacune aux antipodes l'une de l'autre, vous communiquiez en cachette et tu n'étais pas bien vieille non plus. Tu n'avais pas le pouvoir de les aider, Jade.

— J'aurais pu soutenir Juno, mais elle ne le souhaitait pas.

— Elle voulait probablement te protéger, répondit-il après un léger silence.

— Je n'ai pas *besoin* de protection. Elle n'avait pas à jouer ce rôle pour moi.

— Tu fais la même chose vis-à-vis d'elle, dit-il avec un petit sourire en coin. Ça fonctionne dans les deux sens. Juno aimerait te faciliter la tâche, te décharger un peu de tes responsabilités.

— Ma vie a été facile, comparée à la sienne.

— Tu crois ?

Il s'assit à côté d'elle sur le bord du lit.

— Tu es restée seule avec un père sévère et insensible qui ne se fendait même pas d'un cadeau de Noël. Sans parler de ce que tu endurais au quotidien. Tu devais être terrifiée à l'idée d'être fichue dehors à ton tour si tu ne satisfaisais pas ses attentes.

Elle contemplait les motifs du tapis sans les voir. Ç'avait été exactement comme ce qu'Alvaro venait de décrire. Elle avait vécu dans la crainte permanente de commettre un impair, de ne pas être à la hauteur. Et de subir le même châtiment que sa mère et sa sœur.

Mais en dépit de tous ses efforts pour plaire à son père, il n'avait jamais changé d'attitude envers elle.

— Jade ? fit doucement Alvaro en lui prenant la joue pour la forcer à le regarder. C'est ce que tu as vécu ?

Elle acquiesça d'un hochement de tête.

— Je suis désolé…

Un long moment, ils se dévisagèrent en silence.

— Jade… Il faut que nous sortions de cette chambre. Sinon, je ne…

Il se leva avec un soupir et lui tendit la main.

— Viens, allons dîner.

Deux heures plus tard, Jade et Alvaro regagnèrent l'hôtel. Cela faisait des années qu'elle n'avait pas autant ri.

Il l'avait emmenée dans une fête foraine de Noël ; ils avaient lancé des fléchettes dans des ballons multicolores, dégusté des brochettes de viande grillée accompagnées de frites, en parlant de tout et de rien. Et sans jamais faire allusion à son passé ou à son avenir.

Elle adorait cet Alvaro léger, drôle et enthousiaste. Quand, au stand de tir, il avait gagné un énorme alligator en peluche violet et le lui avait offert, elle avait refusé en riant. Il ne tiendrait jamais dans sa valise de taille cabine, avait-elle dit en guise d'explication.

Aussitôt, il s'était détourné et l'avait donné à un petit garçon qui passait à côté d'eux avec ses parents.

Maintenant, de retour à l'hôtel, il s'arrêta devant la porte de la chambre de Jade.

— Si tu as besoin de quoi que ce soit, appelle-moi, dit-il rapidement.

Elle leva les yeux vers lui, tremblant intérieurement de désir mais s'interdisant d'y penser.

— Je crois que je saurai me débrouiller seule, merci.

Une lueur amusée pétilla dans les yeux d'Alvaro.

— Il viendra peut-être un moment où tu ne le pourras plus, chuchota-t-il. Fais attention, Jade.

— C'est un avertissement ?

Il lui ouvrit sa porte avant de reculer dans le couloir.

— Disons plutôt une promesse.

Dans sa bouche, ç'avait été une plaisanterie, destinée à lui faire oublier les émotions qui l'avaient submergée deux heures plus tôt. Mais elle le prit bel et bien pour un avertissement.

11.

— Nous ne resterons pas longtemps. Je tiens juste à vérifier que tout va bien.

Jade regarda Alvaro descendre de voiture. Il n'avait pas prononcé un mot depuis qu'ils avaient quitté l'hôtel, et maintenant il paraissait encore plus tendu.

Sortant à son tour du véhicule, elle prit la boîte en carton blanc qu'il lui tendait et s'avança dans l'allée du pavillon de banlieue modeste mais bien entretenu.

Au moment où Alvaro levait la main vers la sonnette, la porte s'ouvrit sur une femme d'un certain âge. Elle le regarda un instant en silence, puis hocha la tête.

— Bonjour, Alvaro.

— Bonjour, Ellen.

S'ensuivit la plus brève des embrassades, avant qu'Ellen ne se tourne vers Jade pour la dévisager avec curiosité.

— Tu as amené une amie avec toi ?

À en juger par l'expression d'Ellen, il n'avait pas l'habitude de venir accompagné ; Jade fut ridiculement heureuse d'avoir ce privilège.

— Ellen, je te présente…

Il tourna rapidement les yeux vers elle.

— PJ, dit précipitamment Jade.

Mon Dieu, elle *détestait* mentir. Surtout à cette femme.

— Je suis ravie de faire votre connaissance, Ellen.

Un sourire chaleureux éclaira le petit visage ridé. Ellen était plus âgée que Jade ne s'y attendait, mais un mélange de bonté et de bienveillance émanait de sa mince silhouette légèrement voûtée.

Et elle adorait Alvaro, cela crevait les yeux.

— Entrez, dit-elle en s'effaçant pour les laisser passer. Il fait trop froid pour lambiner dehors.

Jade eut juste le temps d'apercevoir le petit sourire en coin dont Alvaro gratifia Ellen, avant de s'avancer dans une pièce aux murs recouverts d'étagères débordant de livres, de jeux de société et de puzzles. Une atmosphère chaleureuse régnait dans la pièce, renforcée par le feu crépitant joyeusement dans la cheminée et par les épais tapis recouvrant le sol.

— Que déduis-tu du décor… ? lui chuchota Alvaro avec un petit clin d'œil.

Qu'Ellen aimait recevoir du monde…

Jade lui tendit la boîte contenant les minuscules pains d'épices.

— Nous vous avons apporté quelques…

— Alvaro, l'interrompit Ellen d'un ton de reproche en se tournant vers lui. Tu sais bien que ce n'est pas la peine. Tu m'as déjà donné beaucoup trop de choses !

— Ne me regarde pas comme ça, répondit Alvaro en levant les mains au ciel. C'est PJ qui les a achetés pour toi.

Ellen pivota sur elle-même.

— Pardonnez-moi, mais je n'ai plus de place où poser un dé à coudre !

— Il s'agit seulement de quelques minuscules pains d'épices, dit Jade en souriant. Pour votre dîner. Je suis sûre que vous allez leur trouver une petite place.

Ellen la dévisagea un instant en silence, puis se mit à rire.

— Tu t'es trouvé une alliée, Alvaro !

Il lui sourit, puis demanda :

— Bon, que veux-tu que je fasse ?

— T'asseoir et bavarder un peu avec moi ?

— Non, répondit-il en remontant ses manches. Le bois a été correctement rangé ?

— Oh ! vas-y ! fit Ellen en riant de nouveau. Quoi que je dise, tu iras vérifier par toi-même, de toute façon !

Elle se tourna vers Jade.

— Nous, nous allons essayer de trouver une petite place pour ces pains d'épices.

— Je ne l'ai pas amenée ici pour qu'elle soit soumise à un interrogatoire, Ellen.

Il regarda Jade avant d'ajouter :

— Ne te crois surtout pas obligée de répondre à ses questions.

Jade le regarda en haussant les sourcils, puis suivit Ellen qui entrait dans une cuisine spacieuse.

— Vous connaissez Alvaro depuis longtemps ?

— Je l'ai rencontré au travail.

Elle sourit intérieurement. Alvaro n'avait peut-être pas exagéré en parlant d'interrogatoire…

— Il s'est montré très amical avec moi, dit-elle.

— Tiens tiens…, fit Ellen en plissant les yeux.

— Où voulez-vous que je les pose ? demanda Jade pour faire diversion. Je ne pense pas qu'il faille les garder au frais, je pourrais les mettre sur cette étagère ?

En fait, il restait tout juste assez de place pour la boîte.

— Vous comprenez ce que je voulais dire tout à l'heure ? répondit Ellen en riant.

— C'est OK pour le bois, dit Alvaro en réapparaissant.

— Ce sont de bons gars, fit Ellen en hochant la tête. Et serviables, en plus.

Alvaro se lava les mains avant de vérifier le contenu du cellier.

— Je vais m'y mettre.

— Il vient chaque année m'aider, dit Ellen avec un soupir.

En réalité elle était fière de lui, devina Jade.

— Il prépare le beurre de Noël, continua-t-elle.

— Le beurre de Noël ? fit Jade en riant. Alvaro ?

Il haussa l'épaule et se mit un tablier.

— Oui, et c'est le meilleur de tous. Et, non, je ne donne pas la recette. J'ai mon mélange secret de fruits secs et d'herbes aromatiques.

— C'est vrai, acquiesça Ellen. C'est le meilleur !

— Je n'en ai pas pour longtemps, dit-il d'un ton bourru.

— Et moi ? Je peux faire quelque chose pour vous aider ? demanda Jade. Peut-être pas cuisiner, mais…

— Vous ne cuisinez pas, PJ ? demanda Ellen.

— Non, pas vraiment.

— Je suis sûre que vous êtes douée pour d'autres choses. Tout le monde n'est pas un surdoué comme celui-là…

Alvaro regarda Jade un instant.

— Nous allons éplucher les pommes de terre, Nel. Tu détestes ça, je le sais.

— Ce que je déteste, c'est surtout mon arthrose qui se manifeste dès que j'essaie d'en éplucher, répondit Ellen avec une grimace. Alors, oui, je veux bien. Tu en as commandé beaucoup trop, comme d'habitude.

Alvaro sortit un économe d'un tiroir, puis un couteau qu'il tendit à Jade.

— J'épluche, tu coupes, d'accord ?

— D'accord.

L'heure qui suivit passa en un clin d'œil. Jade prit un plaisir fou à écouter les échanges animés entre Alvaro et Ellen, qui adoraient manifestement se taquiner. Alvaro, parfaitement détendu, avait souvent le dernier mot. Une fois les pommes de terre épluchées, il retourna à son beurre de Noël et hacha une quantité impressionnante de noix, noisettes, amandes et fruits secs.

— Vous restez déjeuner avec moi ? demanda Ellen.

— Tu sais bien que nous ne pouvons pas, pour cette fois, répondit aussitôt Alvaro.

— Cette fois ? fit Ellen en roulant des yeux. Tu débarques et tu te démènes comme un fou pour m'aider et, dès que tu as terminé, tu disparais. Tu ne restes jamais.

— Parce que j'ai toujours une autre tâche qui m'attend…

— Tu es censé être en congé, marmonna Ellen avant de se tourner vers Jade. Venez voir mon beau sapin, PJ. Comme ça, le grand chef pourra protéger ses secrets.

— J'aurai bientôt terminé ! répondit Alvaro tandis qu'elles quittaient la cuisine.

Le sapin trônait dans un coin de la pièce, mais ce qui attirait davantage l'attention, c'étaient les deux grandes tables rectangulaires mises bout à bout qui occupaient presque tout l'espace. Des chaises étaient alignées contre un mur, et une montagne de paquets se dressait à l'extrémité d'une des deux tables. Certains portaient encore leurs étiquettes. Jade remarqua le nom inscrit sur l'une d'elles : Ellen Byrne.

Alvaro avait pris le nom de famille d'Ellen ? Depuis combien de temps se connaissaient-ils ? Elle l'avait sauvé, avait-il dit. De quoi, exactement ?

— Vous faites cela tous les ans ? demanda-t-elle.

— Oui, et Alvaro passe toujours la veille pour m'aider, répondit Ellen en se redressant. Tout payer ne lui suffit pas.

— Cela vous dérange qu'il le fasse ?

— J'aimerais surtout qu'il ne se sente pas obligé de le faire. Il m'achète tellement de choses… Regardez la pile de décorations – je suis censée en faire quoi, de tout ça ?

— C'est vrai qu'il y en a beaucoup ! répondit Jade en riant.

— Il faudrait qu'il comprenne que préparer le beurre de Noël, c'est suffisant. Mais il m'envoie de plus en plus de choses et reste de moins en moins longtemps.

Pourquoi cette hâte à repartir ? Alors que cela faisait tellement plaisir à Ellen de le voir.

— Il ne veut pas être un fardeau, reprit cette dernière. Il ne comprend pas qu'il n'en a jamais été un pour moi.

— Qu'était-il pour vous ? demanda doucement Jade.

— Tout.

Sentant venir une question embarrassante, Jade tourna les yeux vers les paquets de décorations.

— Vous voulez que j'essaie de voir comment on pourrait les utiliser ?

Ellen la regarda en silence, puis sourit.

— Ce n'est pas de refus. Allez-y, je vous laisse faire.

— Merci. Vous, allez boire un café avec Alvaro.

En fait, Jade prit un plaisir immense à décorer la longue table. Jamais elle n'avait eu l'occasion de faire ce genre de chose.

Après avoir terminé ses installations, elle saupoudra la nappe blanche et les décorations de paillettes argentées.

— Jade ?

Levant les yeux, elle aperçut Alvaro qui l'observait d'un air bizarre depuis le seuil.

— J'ai fini dans quelques minutes, dit-elle aussitôt sur un ton d'excuse.

Elle recula d'un pas pour admirer son œuvre et sourit. Pour une première, c'était plutôt réussi !

— Superbe, dit-il lentement.

Mais ce n'était pas la table qu'il contemplait en disant cela.

— Reviens à la cuisine quand tu auras fini, OK ?

Elle le regarda disparaître dans le couloir. Concentrée sur sa tâche, elle avait perdu toute notion du temps…

Après avoir placé une serviette en papier à côté de chaque assiette en porcelaine blanche parsemée de minuscules étoiles et cernée d'un liseré doré, elle contempla une dernière fois l'ensemble en souriant, puis retourna à la cuisine.

Debout à côté de la porte, Alvaro tapota sa montre en plissant le front d'un air faussement sévère.

— Tu es enfin prêt à partir ? demanda-t-elle.

— Très drôle…, fit-il en ouvrant la porte. Viens, on y va.

Lorsque Jade se dirigea vers la voiture, elle entendit Alvaro demander doucement à Ellen :

— Ça ira ?

— Ça va toujours bien. Mais ça va toujours encore mieux quand je t'ai vu.

Jade comprenait tout à fait ce qu'elle voulait dire.

— Merci d'avoir été aussi patiente avec Ellen, dit Alvaro en allumant le contact.

— Pourquoi me remercies-tu ? répondit Jade, surprise. Faire sa connaissance a été un privilège.

Il acquiesça mentalement. Ellen était l'être qui comptait le plus pour lui. Mais il ne parlait jamais d'elle à personne.

Leur relation s'inscrivait dans un domaine strictement privé qu'il ne partageait pas. Alors pourquoi l'avoir présentée à Jade ? Parce qu'elle n'était pas un individu comme les autres. Et qu'elle aussi lui était précieuse, même s'il avait du mal à l'admettre et que cela le dérangeait.

— T'attendais-tu à ce que je considère cette visite comme une corvée ? demanda-t-elle plus froidement.

Quel imbécile. Il n'avait pas voulu l'offenser.

— J'imagine que tu es sans cesse amenée à rencontrer de nouvelles personnes. Ça doit être fatigant.

— Ce n'est pas toujours facile, mais je fais de mon mieux.

En effet, il l'avait vue à l'œuvre et pouvait témoigner que la rencontre avec Ellen avait été réussie. Face à elle, la politesse et la réserve habituelles de Jade s'étaient presque instantanément évaporées, révélant sa nature chaleureuse et son sens de l'humour.

— Tu as été vraiment adorable avec elle. Mais aller jusqu'à décorer la table…

— Je me suis dit que vous pourriez en profiter pour bavarder tranquillement, tous les deux.

— Ce n'était pas la peine, répondit-il, un peu embarrassé. Ellen et moi nous comprenons à demi-mot.

— Peut-être, mais moi, je me suis bien amusée.

En effet. Il l'avait compris en l'observant à la dérobée.

— J'ai bien essayé de l'installer dans une autre maison mais elle ne veut pas quitter celle-ci. J'ai quand même réussi à lui changer ses appareils électroménagers – et j'ai toujours droit à ses reproches depuis. Ses gâteaux ne sont plus aussi bons qu'avant, soi-disant.

Jade rit de ce rire mélodieux qui le ravissait à chaque fois.

— Elle tient tellement à son indépendance qu'elle en devient parfois agaçante, dit-il en souriant. Elle a toujours travaillé très dur, et pendant très longtemps, mais sans jamais progresser. Ce n'était pas de sa faute. Il n'y avait pas assez d'heures dans une seule journée et, au moment où elle m'a pris chez elle, Ellen était déjà bien fatiguée. J'avais une dizaine d'années lorsque j'ai compris que c'était à moi de la sortir de cette vie de misère.

— Et tu as réussi, répondit doucement Jade. Elle n'a plus besoin de travailler si elle ne le souhaite pas.

Il acquiesça d'un hochement de tête.

— Tu fais entretenir sa maison, tu remplis ses placards.

— Elle donne la plus grande partie de ce que je lui fais livrer. Elle s'occupe de tous les miséreux qu'elle rencontre et je crains qu'on ne profite à nouveau d'elle.

— Cela s'est déjà produit ?

La soi-disant famille d'Ellen avait fait plus que profiter d'elle. Ils l'avaient exploitée, usée. Ce n'avait été que lorsqu'elle avait pris Alvaro en charge qu'elle les avait quittés. Quand elle avait vu ce qu'ils lui avaient fait.

— Elle est trop généreuse, dit-il en guise d'explication.

— Tu crois que c'est possible ?

— Oui, lorsqu'on finit par en faire les frais.

Cela avait coûté cher à Ellen – sa jeunesse, son temps, sa santé, son avenir.

— Et tu ne la vois que la veille de Noël. Tu ne participes pas au grand déjeuner qu'elle organise le 25 ?

— Je ne veux pas lui rajouter encore une charge. Parce que c'est un vrai travail, pour elle. Je ne comprends pas pourquoi elle se donne la peine de cuisiner pour des individus qu'elle connaît à peine. Elle a pourtant bien mérité de se reposer !

— Elle apprécie peut-être de travailler sans y être obligée. Mais peut-être y trouve-t-elle aussi d'autres satisfactions ? Sentir qu'on a besoin d'elle… Se soucier de quelqu'un ou de quelque chose. C'est important pour beaucoup de gens.

— Pas pour moi, répondit-il dans sa barbe. Je me soucierai toujours d'Ellen et je me soucie de mes employés, mais mon altruisme s'arrête là.

— Je n'y crois pas une seconde, répondit Jade avec calme.

— Tu as tort. Et toi, de qui te soucies-tu ?

— De mon pays.

— Une personne, cela ne te suffit pas ? répondit-il avec un petit sourire moqueur. Il te faut une nation entière ?

— Oui, apparemment.

— Tu es comme Ellen, au fond. Vous ne savez pas dire « non ».

Elle se tourna vers lui et l'observa un instant en silence.

— Tu ne travailles pas demain, alors ?

— Non, je ne pense pas.

Il déglutit. Il ne voulait pas penser au lendemain. Ni à la veille. Il ne désirait qu'une chose : prolonger indéfiniment ces instants. Mais il ne voulait pas non plus de ce désir.

Le reste du trajet se déroula dans le silence. Comme s'ils avaient décidé d'un accord tacite que parler détruirait l'entente qui régnait entre eux.

Jusqu'à ce que Jade se redresse tout à coup sur son siège en s'exclamant :

— C'est un phare ?

— Remis en fonctionnement après avoir été restauré il y a quelques années, répondit Alvaro. On en trouve plusieurs le long de la côte, tous privés. Ce n'est pas un néon, mais une lampe clignotante, très grosse.

— Il t'appartient ?

— Oui.

— C'est fantastique, fit-elle, l'air extatique, d'une voix à peine audible.

— Tu ne dis pas cela pour dire quelque chose de positif ?

— Certainement pas ! Je n'ai jamais rien vu d'aussi génial, Alvaro ! D'aussi beau !

— Ce n'est pas un palais, je te préviens, répondit-il en riant.

Le plaisir et l'excitation de Jade lui faisaient plaisir. Bien trop plaisir.

— Tant mieux. Et celui de Monrova ne me manque pas ! s'exclama-t-elle en se penchant en avant pour mieux voir.

Il continua de rouler sur la petite route privée. Sa route. Pour la première fois, il n'y venait pas seul.

Cet endroit avait toujours été son repaire. Son sanctuaire. Où il avait décidé d'emmener Jade sur un coup de tête, convaincu qu'elle ne devait pas passer son unique vrai Noël seule. Et, conscient d'avoir peu à lui offrir, il avait prévu quelques surprises, qu'il se sentait toutefois incapable d'affronter pour l'instant.

Il fut soulagé de descendre de voiture. Il avait de plus en plus de mal à se concentrer. À parler. Sa maîtrise sur lui-même ne tenait plus qu'à un fil.

Jade s'avança aux côtés d'Alvaro vers la maison accolée au phare. Une forte tension émanait de lui. Elle l'avait vu se raidir tout à coup, juste avant de s'arrêter et de couper le moteur.

Les mâchoires crispées, il déverrouilla la porte et l'invita à entrer. En dehors de la lumière du fanal, le seul éclairage provenait du sapin de Noël installé au fond de l'entrée, si bien qu'elle ne distinguait pas nettement ses traits.

— Viens, je vais te montrer la tour, dit-il d'une voix rauque en lui prenant la main.

Elle le suivit dans l'étroit escalier en colimaçon qui grimpait de plus en plus haut.

— *Incroyable !* fit-elle en découvrant la lumière éblouissante et les larges vitres foncées.

Hormis celui des vagues se fracassant contre les rochers en contrebas, on n'entendait aucun bruit. La rotation régulière de la lampe produisait une impression de force et de sécurité. Un sentiment de sérénité et d'isolement se dégageait du lieu.

Mais lorsqu'elle tourna la tête et vit enfin le visage d'Alvaro, toute impression de sécurité s'évanouit.

— Alvaro ?

— Ne dis rien, dit-il dans un souffle.

Son cœur se mit à battre à un rythme sauvage. Il avait ôté son pull-over et son T-shirt, et se dressait, torse nu, devant elle.

— Qu'est-ce que tu fais ? murmura-t-elle. Je pars bientôt…

— Je sais, murmura-t-il. C'est parfait.

— Ah oui ? fit-elle en souriant tristement.

— Jade… Tu sais que j'ai raison. Tu sais que rien ne…

— Je sais.

Ainsi éclairé par la lumière, la détermination empreignant son beau visage paraissait encore plus farouche. Ce qui se passait maintenant n'avait rien à voir avec ce qu'ils avaient partagé quelques jours plus tôt. Cette fois, ce serait différent.

Et elle risquait vraiment de ne pas en sortir indemne.

Lorsqu'il vint vers elle et referma les mains sur son visage, elle ferma les yeux. Il lui avait manqué. Ses baisers lui avaient manqué. Elle inhala les effluves musqués, s'imprégna de sa merveilleuse chaleur, du goût de sa bouche.

Ils ne prirent même pas la peine de se déshabiller complètement.

— S'il te plaît, chuchota-t-elle en s'accrochant à ses solides épaules.

— Ne sois pas polie, ma douce. Dis ce que tu veux de moi.

— Je ne sais pas quels mots utiliser…

Celui qu'il lui murmura à l'oreille était des plus crus, mais il la fit délicieusement frissonner.

— Tu as des…

— Bien sûr, l'interrompit-il en sortant un préservatif de sa poche.

— Dépêche-toi, alors, dit-elle tout bas.

Lorsqu'il s'enfonça en elle, il murmura son prénom en fermant brièvement les yeux.

— Tu es prête… Pour moi…

— Je l'ai été toute la semaine, avoua-t-elle.

— Pourquoi ne pas me l'avoir dit plus tôt ?

— Tu étais parti.

— J'ai fui, dit-il d'une voix rauque. Quel idiot.

— Pourquoi ?

— Parce que c'est trop bon, répondit-il simplement.

— Rattrapons le temps perdu, alors, murmura-t-elle.

12.

Jade ouvrit les yeux et battit des paupières, éblouie par la lumière hivernale qui se répandait par la large fenêtre ouvrant sur l'océan.

La veille au soir, Alvaro l'avait transportée dans ses bras et, une fois arrivé au bas de l'escalier, il s'était dirigé droit vers le lit immense.

Ils avaient fait l'amour pendant des heures.

Les souvenirs de leurs fabuleuses étreintes, tour à tour tendres ou passionnées, défilèrent dans l'esprit de Jade. Elle s'était entièrement donnée à lui. Corps et âme.

Elle contempla les murs couleur ivoire, les tapis en laine recouvrant en partie le plancher patiné, le feu couvant dans l'âtre.

Ce qu'elle vivait avait un goût de paradis, mais elle parviendrait à supprimer le désir qui continuait de frémir en elle. Elle continuerait à vivre et à faire son devoir, même si elle sortait de cette aventure le cœur en lambeaux.

En attendant, elle profiterait à fond de ces quelques jours.

— Bonjour.

Mon Dieu, en caleçon noir, il était… à croquer.

Et il portait un plateau sur lequel était posée une tasse bleue d'où montait un arôme délicieux.

— Joyeux Noël, dit-elle.

— Chut, dit-il en se penchant pour lui poser un doigt sur les lèvres. Pas encore.

Comme elle le dévisageait en plissant le front, il secoua la tête en riant.

— D'abord la chasse aux œufs de Pâques.

— Pardon ? fit-elle en se redressant sur les coudes.

Il s'assit à côté d'elle sur le bord du lit.

— Tu as bien entendu : la chasse aux œufs de Pâques.

— Mais… C'est *Noël* !

— Oui, mais vu que tu n'as jamais eu de vrai Noël, je parie que tu n'as jamais fêté Pâques non plus. Ni Halloween. Et encore moins la Saint-Valentin…

— Non…, répondit-elle, le cœur battant à tout rompre.

— Alors, d'abord la chasse aux œufs de Pâques.

Son sourire la fascinait. Sa gaieté la stupéfiait. La maison du phare l'enchantait. Au cours de la chasse aux œufs, elle découvrit toutes sortes de décorations superbes, dans les endroits les plus inattendus. C'était Noël dans la cuisine. La Saint-Valentin dans la salle de bains – une bouteille de champagne et un ballon géant en forme de cœur suspendu au-dessus de la baignoire. Quant à Halloween, elle trouva dans le bureau un chapeau de sorcière, un chaudron, et une citrouille transformée en lampion posée sur la table basse, entre les deux fauteuils en cuir fauve. Et bien sûr, chacune de ces installations comprenait des friandises en rapport avec les différents thèmes.

Il s'était donné tout ce mal *pour elle*…

— Alvaro…

— C'est stupide, je sais.

— Non, au contraire, répondit-elle en lui passant les bras autour du cou. Tu as dû passer un temps fou à organiser et arranger tout cela…

— J'aimerais mériter tes compliments, mais en vérité je n'ai pas fait grand-chose. J'ai une personne de confiance qui garde un œil sur la propriété, un type débrouillard qui connaît un fournisseur de décorations et d'accessoires de fête.

Il désigna deux chaussettes en laine rouge et verte suspendues au manteau de la cheminée.

Un embarras sans nom gagna Jade. Elle n'avait pas de cadeau pour lui.

— Pas de panique, dit-il en riant. Cette charmante attention ne vient pas de moi mais d'Ellen. Ta chaussette est celle de gauche.

Elle alla la décrocher et en sortit un superbe bonnet en laine d'un beau vert tendre, qu'elle enfila aussitôt.

— Et toi ? Qu'est-ce que tu as ?

Il avait lui aussi un bonnet, mais gris foncé.

— Il te va bien ! s'exclama-t-elle en riant.

Surtout avec le caleçon noir pour tout vêtement…

— Si tu allais t'installer dans le bureau ? répondit-il. Je te rejoins dans un instant.

Le bureau était la pièce préférée de Jade – si on faisait abstraction de la chambre, évidemment –, avec ses fenêtres donnant sur l'océan, les murs blanchis à la chaux, les bibliothèques, les fauteuils confortables et le mobilier simple aux lignes pures.

Deux minutes plus tard, il apparut avec un plateau sur lequel trônaient un magnifique gâteau au chocolat et une bougie allumée.

— Je me suis dit que tu n'avais peut-être pas droit à un gâteau spécial le jour de ton anniversaire ?

Elle le regarda un instant en silence, émue aux larmes.

— Tu ne t'es pas trompé, répondit-elle en souriant. Alors, après les œufs au chocolat, nous mangeons du gâteau pour le petit déjeuner ?

Il posa le plateau sur la table basse.

— Pourquoi pas ? C'est Noël, répondit-il en s'installant face à elle dans le second fauteuil en cuir.

Elle souffla la bougie.

— Tu as fait un vœu ?

— Oui, mais c'est un secret.

Prenant le grand couteau posé sur le plateau, elle coupa précautionneusement le gâteau, laissant tomber des morceaux de glaçage sur le joli plat en porcelaine blanche.

Alvaro regarda Jade déposer une part de gâteau sur une assiette assortie au plat.

Ses joues roses, le sourire qui n'avait pas quitté son beau visage depuis son réveil, constituaient les plus beaux cadeaux qu'il eût jamais reçus.

Au lieu de couper une seconde tranche de gâteau, elle se redressa et vint s'installer sur ses genoux avec l'assiette et la fourchette. Elle était si sexy… Si ravissante…

Elle piqua la fourchette dans un morceau de gâteau et la présenta devant ses lèvres.

— C'est bon ? demanda-t-elle avec un petit sourire coquin.

Une sensation de malaise s'infiltra en lui, alors qu'il aurait dû être content et détendu.

Après être passé chez Ellen pour s'assurer que tout allait bien, il était venu dans son sanctuaire, Jade partageait son lit, et elle avait adoré son festival de surprises. Et maintenant, il dégustait un délicieux gâteau d'anniversaire et il avait la plus belle femme du monde sur ses genoux.

Pourtant, la sensation de malaise se propageait en lui, de plus en plus prégnante, sans qu'il en comprenne ni la cause ni la nature.

— Succulent, dit-il.

Il avait mal partout. Dans la poitrine, dans le ventre. Et la douleur s'amplifiait, accompagnée de souvenirs malvenus qui se bousculaient sans pitié dans son esprit.

Son adoption ratée. L'intervention d'Ellen. Les anniversaires et les Noëls successifs, tous passés dans la solitude, la colère et la souffrance.

Il aurait voulu détacher son regard de celui de Jade. S'éclaircir la voix. S'enfuir… Mais il était paralysé. Muet. Il ne pouvait pas lui parler de cela. Il n'en avait jamais parlé à personne. Pas même à Ellen. Ces histoires appartenaient depuis longtemps au passé.

Émergeant de sa torpeur, il lui prit la fourchette de la main et lui glissa un morceau de gâteau entre les lèvres pour éviter qu'elle lui pose une question à laquelle il ne pourrait répondre.

— Quand j'étais petit, on ne fêtait jamais mon anniversaire, dit-il. Il n'y avait rien à célébrer. Une fois, Ellen m'a fait un cupcake, pour mes neuf ans.

Il se souvenait de tous les détails de cette journée avec une précision édifiante.

Jade s'était raidie, il sentait la tension irradier de son corps mince. Mais un doux éclat emplissait ses yeux verts.

— Tu la connaissais déjà ? demanda-t-elle de sa voix mélodieuse.

— Je l'ai toujours connue, dit-il malgré lui. Ma mère biologique était jeune. Ses parents, très collet monté, ont été horrifiés d'apprendre qu'elle était enceinte. Si je suis né, c'est uniquement parce que, au moment où ils ont découvert sa grossesse, il était déjà trop tard pour l'interrompre.

Il reposa sa nuque sur le dossier du fauteuil.

— Elle était si jeune qu'elle ne s'était même pas rendu compte de son état. Son petit ami venait des quartiers pauvres. Le genre de garçon que ses parents, surtout son père, n'auraient jamais pu accepter comme gendre, naturellement. Alors ils se sont débarrassés de moi.

— Tu as été adopté ?

— Pas par la voie habituelle, hélas. Mon grand-père ne voulait pas que cela s'ébruite, alors il a envoyé ma mère à l'étranger aussitôt après ma naissance et m'a donné à Nathan et Lena. Nathan avait autrefois travaillé pour lui si bien que l'affaire a été conclue à l'amiable.

Une émotion intense se lisait dans les yeux de Jade. Ayant elle-même été séparée de sa mère, elle comprenait sa souffrance.

— À l'époque, ma naissance n'avait même pas été enregistrée. Nathan et Lena m'avaient recueilli uniquement à cause du chèque mensuel envoyé par mon grand-père. Je ne les intéressais pas. Et ils n'avaient pas non plus envie de travailler… Ils laissaient ce soin à la demi-sœur de Nathan. C'était elle qui faisait tout, la cuisine, le ménage… et qui s'occupait de moi.

— Ellen…

— Oui. Elle avait quitté l'école pour s'occuper de sa mère, qui était tombée malade après la naissance de Nathan, aussi n'avait-elle pas beaucoup d'instruction. Quand la mère est morte, elle a dû élever Nathan. Il a profité d'elle pendant des années. Ensuite, Lena a fait la même chose : ils la traitaient en esclave. Et ils lui demandaient en plus de s'occuper de moi. Ellen était si usée, si opprimée depuis des années qu'elle acceptait tout sans protester. Jusqu'à ce que les chèques mensuels cessent d'arriver. Alors un jour, pendant qu'Ellen était au travail – parce qu'elle trimait à l'extérieur, en plus –, Lena et Nathan m'ont emmené chez mon grand-père et lui ont demandé des explications.

Les détails horribles jaillissaient de nouveau dans son esprit, se précipitaient entre ses lèvres…

— J'ai rencontré mon grand-père pour la première et dernière fois le jour de mes neuf ans.

Figée, Jade l'écoutait en retenant son souffle.

— Il n'avait pas envie de me reprendre, bien sûr. Il était furieux et criait qu'il ne voulait pas nous voir, ni eux ni moi. Il venait de foirer une affaire. Et son mariage. Comme il avait foiré sa relation avec sa fille. À la fin, il nous a claqué la porte au nez. Pour Nathan et Lena, c'était clair : pas d'argent, pas de gamin. Alors ils m'ont laissé là, devant les grilles fermées de la propriété. Mon grand-père n'est pas venu me chercher. Je suis resté tout seul, assis par terre.

Cela avait été terrifiant, atroce. Nathan et Lena étaient remontés en voiture et avaient filé, le laissant dans un lieu inconnu, à des kilomètres de la seule personne qui était gentille avec lui.

— Et après ? demanda doucement Jade. Que s'est-il passé ?

— Quand Ellen a compris ce qui s'était passé, elle est venue me chercher.

— Tu avais attendu longtemps ?

— Je n'en sais rien. Des heures. Elle n'avait pas le permis, ni de voiture, évidemment. Elle a dû faire le trajet en bus puis à pied, après avoir travaillé toute la journée. Et après avoir forcé un Nathan à moitié ivre à lui dire la vérité.

— Tu as dû être terrifié.

— J'avais froid, je ne comprenais pas, et je mourais de faim. Nathan avait vu le cupcake et piqué une crise parce qu'Ellen avait gâché un œuf pour moi. Après son départ pour le travail, il avait écrabouillé le cupcake sous mes yeux. Mais quand la nuit est tombée, elle est arrivée. Nous ne sommes jamais retournés chez Nathan et Lena. Elle les a plantés pour de bon. Elle ne leur en voulait pas à cause de ce qu'ils lui avaient fait subir, mais à cause de ce qu'ils m'avaient fait à moi. Et pourtant… Je n'oublierai jamais la façon dont ils lui parlaient.

— Et comment te parlaient-ils, à toi ?

Il ne l'oublierait jamais non plus. Ils lui répétaient qu'il n'avait pas été désiré. Qu'il n'était qu'un bon à rien. Et pire encore. Mais cela, il n'en parlerait pas à Jade.

— Ellen acceptait tous les postes qu'elle trouvait, et c'est elle qui m'a appris que l'on pouvait survivre en suivant une éthique professionnelle. Elle a tout fait : cuisinière, femme de ménage, cueilleuse, magasinière de supermarché… Et elle n'était déjà plus toute jeune, à l'époque. Certains jours, il n'y avait pas grand-chose à manger. J'avais tellement faim…

— Alors tu as travaillé dur toi aussi.

Il acquiesça d'un hochement de tête.

— Et ta mère biologique, qu'est-elle devenue ?

— Aucune idée, répondit-il en haussant les épaules.

— Et son petit ami ?

— Ils lui ont donné de l'argent pour qu'il se taise.

— Tu n'as jamais essayé de le retrouver ?

— Cela ne m'intéresse pas. Je n'ai pas envie d'être rejeté encore une fois.

— Je suis tellement désolée, Alvaro.

— Pas moi, dit-il avec sincérité. Plus maintenant. Je n'ai pas besoin de gens de cette espèce dans ma vie.

Mais la façon dont Jade le regardait maintenant faisait naître un autre besoin en lui. Et ce besoin l'horrifiait.

Le besoin d'elle. Il avait besoin d'elle. Là, tout de suite.

Besoin de se perdre dans sa chaleur de femme, rien de plus. Atteindre l'oubli grâce au sexe.

Lui refermant les bras autour de la taille, il savoura la douceur de sa peau et le moelleux de son corps. Le souffle tiède passa sur son cou comme une caresse.

Soudain, il fut envahi par une profonde lassitude. Il avait gardé tout cela en lui, toute sa vie. Et maintenant ?

Il se sentait épuisé. À vif et détendu en même temps. Et il éprouvait un étrange sentiment de libération.

— Tu sais ce que tu es ? lui chuchota-t-elle à l'oreille. Tous mes anniversaires et tous mes Noëls confondus.

Il pensait exactement la même chose d'elle. Le plus beau cadeau qu'elle pouvait lui offrir, c'était elle-même.

Mais il resta silencieux.

— Je ne te ferai pas de mal, chuchota-t-elle en posant la tête dans le creux de son épaule.

Au lieu de protester que, de toute façon, elle ne le pourrait jamais, il ferma les yeux et regretta de ne pouvoir la croire.

13.

Comment avait-il pu s'épancher ainsi ? Parler de détails aussi personnels, aussi secrets ? Évoquer une période aussi misérable de son existence ?

Alvaro ne craignait pas d'indiscrétions de la part de Jade. Elle ne s'abaisserait jamais à raconter quoi que ce fût aux médias.

Ce qui le terrifiait, c'était d'avoir ouvert un sillon qui menaçait de se transformer en gouffre. En se montrant à nu devant elle, puis en se laissant réconforter par elle, il avait rouvert une plaie mal cicatrisée qui béait maintenant en lui.

Le pire, c'était qu'il avait *désiré* lui raconter toutes ces choses. Et que, sur le moment, se confier lui avait fait du bien. Il avait senti une profonde sérénité l'envahir et perdurer tant que… tant qu'il l'avait tenue dans ses bras.

Pour la première fois de sa vie, il s'était assoupi le jour de Noël et avait dormi une bonne moitié de l'après-midi. Et lorsqu'il s'était réveillé, Jade était toujours là, blottie contre lui. Elle avait redressé la tête, lui avait souri, et il l'avait embrassée.

Du moment qu'il la touchait, ça allait. Tandis que maintenant, ce qu'il ressentait frisait la panique. Mais il ne pouvait pas revenir en arrière, reprendre les paroles qu'il avait prononcées. Ni briser le lien qui s'était forgé.

Peu importait. Elle allait partir. Et tout serait terminé. Jade était la reine d'un petit pays à l'autre bout du monde. Leur histoire n'était qu'un interlude, pour tous les deux.

Mais il eut beau se le répéter, la panique continua de monter en lui.

Il fallait mettre un terme à l'aventure. Maintenant. Sauf qu'il ne le pouvait pas. Il savait qu'il n'aurait jamais dû se laisser aller à son désir et en même temps il ne pouvait se résoudre à se refuser ces instants partagés avec elle.

Prenant les deux bols de risotto qu'il venait de préparer, il se dirigea vers le bureau.

Jade n'en revenait pas. Alvaro savait tout faire…

Il redoublait d'attentions plus délicates les unes que les autres. Il lui avait préparé un beau et bon dîner. Il lui faisait divinement l'amour, la faisait rire… Et maintenant qu'elle savait ce qu'il avait enduré par le passé, elle appréciait plus encore sa force et sa vitalité. Au lieu de l'anéantir, le rejet et la solitude l'avaient stimulé.

Son besoin de liberté et d'indépendance était légitime, mais après avoir souffert de l'isolement, il l'avait choisi et accentué délibérément. Et en l'entendant évoquer son histoire, elle avait compris pourquoi.

Sans pour autant résoudre son problème à elle.

Elle était tombée amoureuse de lui. Totalement et irrémédiablement.

Refusant de paniquer, elle décida de s'accorder un peu de temps et, les deux jours suivants, de se laisser porter par le courant – espérant que ce qu'elle prenait pour des sentiments n'était en réalité qu'une réaction hormonale. Alvaro était son premier amant, après tout. Par conséquent, elle confondait sans doute le désir, purement physique, et l'amour.

Durant ces deux journées, rien ne changea dans leurs rapports. Du moins en apparence. Car derrière la légèreté de leurs échanges, elle percevait la fragilité. Ils se promenèrent sur la plage, rirent de choses insignifiantes et passèrent la plupart du temps à faire l'amour avec passion, voire frénésie.

Quant à ce qu'elle éprouvait pour lui… C'était trop grand,

trop brut, trop incontrôlable. Elle ne pouvait ni y faire face ni l'endiguer. Ni le refouler plus longtemps. Pourtant, elle savait qu'il la désirait, mais aussi qu'il n'avait pas besoin d'elle. Et surtout qu'il ne l'aimait pas. Il se contrôlait bien trop pour se laisser aller à aimer.

Et de toute façon, même s'il l'avait aimée, leur histoire n'aurait eu aucun avenir.

Alors mieux valait y mettre un terme. Et rapidement.

Le matin du troisième jour, alors qu'ils prenaient le petit déjeuner, Alvaro demanda d'un ton neutre :

— Cela t'ennuie si nous rentrons à Manhattan en hélicoptère ? Ce sera plus rapide que par la route.

Le cœur de Jade sombra dans sa poitrine.

En dépit de l'ardeur avec laquelle il lui avait fait l'amour quelques heures plus tôt, elle avait senti qu'il n'était déjà plus tout à fait là, avec elle.

— Pas du tout, répondit-elle d'un ton dégagé. Je vais préparer mon sac.

Le trajet jusqu'à la ville la plus proche ne fut pas long. Le vol non plus. Son cœur pesait de plus en plus lourd. Une atroce sensation d'abandon s'empara d'elle, de plus en plus intense au fur et à mesure que l'hélicoptère se rapprochait de New York.

Elle devait rentrer à Monrova. Dire adieu à Alvaro maintenant. Rompre d'un coup, quitte à en avoir le cœur brisé.

À l'héliport, une voiture les attendait. Jade ne savait pas s'il envisageait de l'emmener chez lui ou non, mais elle savait qu'elle devait lui parler. Maintenant.

— Tu peux me déposer chez Juno ? demanda-t-elle quand il alluma le contact. J'aimerais prendre quelques affaires.

— Pas de problème.

Le ton décontracté d'Alvaro la blessa. Le cœur lui martelant douloureusement les côtes. Figée dans son siège, elle ne prononça pas un mot jusqu'à ce qu'il se gare devant l'immeuble de Juno.

Là, elle inspira à fond.

— Je rentre à Monrova, Alvaro. Ce soir.

Il coupa le contact et se tourna vivement vers elle, l'air abasourdi.

— Tu quittes New York dès aujourd'hui ? Je croyais que tu avais encore deux jours de…

— Je dois rentrer. Quelque chose est…

Elle s'interrompit. Elle ne pouvait se résoudre à lui mentir.

— Oui ? fit-il. Quelque chose est arrivé ? Tu n'as pas eu de coup de fil…

Une expression courroucée passa sur ses traits, avant de disparaître aussitôt. Il s'en voulait. Comme si c'était de sa faute. Ou comme s'il s'y attendait. Ce qui n'avait rien d'étonnant – il avait toujours su qu'elle repartirait.

Mais elle aurait dû ne prendre l'avion que deux jours plus tard.

Ils le savaient tous les deux.

— C'est tout ce que tu as à dire ?

Elle sentit sa gorge se nouer. Elle l'avait blessé. Alors qu'il n'avait rien fait de mal. C'était *elle* qui avait déraillé.

— Non, je ne t'ai pas tout dit, dit-elle, les doigts crispés sur la poignée de la portière.

Il la regarda en silence, une lueur dure au fond des yeux.

— Tu veux savoir pourquoi je dois m'en aller maintenant ?

— Tu l'as déjà dit, à cause de ce « quelque chose ».

— Ce quelque chose, c'est toi.

Il n'avait pas bougé, ni même cillé. Mais il s'était complètement fermé, retiré en lui-même.

— Ou plus exactement, ce sont mes sentiments pour toi. Je suis tombée amoureuse de toi, Alvaro. Tu avais dit en plaisantant que tu craignais que cela arrive. Mais pas par arrogance. Tu t'estimais indigne d'être aimé. Alors que tomber amoureuse de toi est la chose la plus simple du monde.

Elle s'interrompit un instant, sidérée par son propre calme.

— Mais tu n'as pas à t'inquiéter. Je ne te demande rien. Je sais que c'est impossible. Je te dis simplement ce que je ressens. C'est tout. J'essaie d'être *sincère*.

— Non, Jade. Je..., commença-t-il, l'air désolé. Je crois que tu te trompes.

— Je fais ce que tu m'as encouragée à faire. Je choisis ce que je préfère. Et c'est toi.

— Tu... Tu as été très protégée...

— Tu as changé d'avis ? l'interrompit-elle en le foudroyant du regard. Tu ne penses plus que j'ai raison de m'affirmer ? D'exprimer mon opinion ? Mon ressenti ?

— J'allais simplement dire que tu n'as pas d'expérience.

— Parce que, toi, tu en as ?

Il éclata d'un rire bref et amer.

— À quand remonte ta dernière relation à long terme, Alvaro ? Quand t'es-tu ouvert à quelqu'un pour la dernière fois ?

Le beau visage se mua en un masque rigide.

— Tu évites toute intimité émotionnelle comme un vampire évite la lumière !

Son regard était... vide. Éteint.

— Tu ne dis plus rien ?

De toute manière, elle ne voulait plus l'entendre. Elle ne désirait plus qu'une chose : s'enfuir. Qu'avait-elle espéré ? Que son aveu aide Alvaro à sortir de lui-même ? Qu'il apprécie la valeur de ce qu'elle venait de lui offrir ?

Une rage formidable l'envahit. Telle qu'elle n'en avait jamais connu.

— Tu projettes vraiment de partir ce soir ? demanda-t-il d'une voix affreusement neutre.

— Oui.

— Pourquoi ? Pourquoi partir plus tôt que prévu alors que tu viens subitement de t'apercevoir que tu éprouvais des sentiments pour moi ? Pourquoi te priver des deux jours qui nous restent ? As-tu peur de redescendre de ton petit nuage ?

Pourquoi se montrait-il aussi cruel ?

— Tu n'es pas vraiment sûre de tes choix, n'est-ce pas ?

— Je m'en vais parce que rester serait trop douloureux pour moi. Et que je souffrirais encore plus de te quitter.

— Ah… Alors une seconde après avoir avoué ton amour, tu me fuis ?

— Comme si, toi, tu étais parfait ! répondit-elle, ulcérée. Tu crois tout maîtriser, tes émotions, ta vie. Tu penses avoir tout réussi, être comblé. Et c'est vrai – jusqu'à un certain point. Tu es aussi lâche que moi, Alvaro. Et même plus que moi.

— Je peux savoir comment tu en es arrivée à cette conclusion ? demanda-t-il sèchement.

— Ta merveilleuse « indépendance », ton refus obstiné d'être un fardeau pour quiconque, c'est une défense, une sorte de bouclier qui te protège et te permet de ne pas t'ouvrir, de ne laisser personne entrer dans ta vie. Parce que si tu le faisais, si tu ouvrais ton cœur à quelqu'un…

— Que se passerait-il ? coupa-t-il avec une rage à peine contenue.

— Ce quelqu'un pourrait te quitter un jour.

La colère étincela dans les yeux d'ambre.

— Je crois plutôt que c'est de ta propre peur que tu parles.

— Oui, mais c'est la tienne aussi. Tu as choisi la solitude. L'isolement. Et tu en souffres. Tu devrais te trouver une femme et fonder une famille.

— On dirait Ellen.

— Elle te connaît mieux que personne. Et elle a raison. Tu mérites d'être heureux et de partager ton bonheur avec quelqu'un. Tu ne devrais pas t'enfermer en toi-même…

— Je ne m'enferme pas en moi-même et je ne souhaite pas fonder de famille, l'interrompit-il de nouveau.

— Si, c'est exactement ce que tu fais, Alvaro. Tu es comme ton phare. Tu es grand, fort, résistant et tu protèges les gens : Ellen, tes employés… Mais tu t'entoures de murailles. C'est ta défense, tu avertis les autres qu'ils doivent rester à distance. Tu tiens à rester isolé. Mais les phares ne fonctionnent pas seuls. Il leur faut une source d'énergie et au moins une personne pour veiller à leur bon fonctionnement. Comme toi tu as besoin que quelqu'un veille sur toi. Prenne soin de toi.

Et j'aurais tellement voulu être ce quelqu'un…

— L'ironie de l'histoire, dit-elle tristement, c'est que tu attires tout le monde. Et que tu ne laisses personne t'approcher. T'aimer.

Il n'avait pas l'air choqué par ses paroles. Il avait l'air horrifié.

— Jade… Je ne peux pas te donner ce que tu veux. Notre histoire n'a jamais été qu'une aventure passagère. Elle n'était pas censée…

— Devenir davantage ? Peut-être, mais je ne pouvais pas m'en aller sans te dire la vérité, Alvaro. Et j'attends de toi que tu fasses la même chose.

— Pardon ?

— C'est toi qui m'as encouragée à exprimer mes vrais désirs. Alors, vas-y, dis-moi.

— Te dire quoi ? explosa-t-il. Et dans quel but ? À quoi bon cet échange absurde ?

Il ne parlerait pas.

— *Pourquoi* t'es-tu donné tout ce mal ? cria-t-elle.

— Quel mal ?

— Ce festival de surprises. Pourquoi ?

Un bref instant, il parut décontenancé.

— Je n'ai rien fait, je te l'ai dit. J'ai simplement…

— C'est toi qui en as eu l'idée. Pourquoi voulais-tu faire tout cela pour moi ?

Il détourna les yeux et répondit :

— Peut-être que ce n'était pas pour toi, mais pour moi.

— Pour toi ?

— Je n'avais jamais connu ces fêtes non plus. Et tu ne disposais que de trois semaines. Il ne te restait que quelques jours. C'était ton seul vrai Noël. Je voulais qu'il soit réussi.

— Si je comprends bien, tu m'as emmenée là-bas parce que tu savais que je partirais ? Sinon, tu n'aurais rien organisé du tout ? Tu m'as offert ce vrai Noël par pitié, Alvaro ?

— Non. C'était un cadeau.

Un cadeau ? Pour une pauvre petite fille riche ?

Son cœur se brisa en miettes.

— Jade…
— Je dois m'en aller.
Elle voulut ouvrir la portière, mais la poignée résista.
— Jade.
— Maintenant. Je dois m'en aller *maintenant* !
La poignée céda. Il l'avait déverrouillée.
Elle ouvrit la portière et s'enfuit.

14.

Rien n'avait changé au palais depuis le départ de Jade. Le sapin trônait toujours à la même place dans le Grand Salon, avec ses rubans de satin rouge et or.

Comme si elle n'était jamais partie.

Poussant sa valise elle-même, elle sourit au valet de pied à l'expression ahurie qui lui tenait la porte ouverte.

— Bonjour, dit-elle d'un ton neutre.

Le jeune homme s'inclina profondément devant elle.

— Votre Majesté, murmura-t-il en rougissant.

Quelques instants plus tard, elle arriva à proximité de l'aile ouest où se trouvaient ses appartements.

— Votre Majesté… ?

Le major Garland s'immobilisa au milieu du large corridor en plissant le front d'un air perplexe.

— Je vous croyais…

— À Severene, je sais, dit Jade en continuant d'avancer. Je suis désolée d'avoir causé cette confusion.

— Mais… Vous *êtes* à Severene, en ce moment même. Avec…

— Je n'y suis pas, manifestement, coupa-t-elle de nouveau, crispée. La princesse qui se trouve actuellement à Severene est ma jumelle, Juno. C'est bien moi, Jade, que vous avez en face de vous.

Son chef de cabinet la dévisagea, bouche bée.

— Mais…

— Il n'y a pas de « mais », major. C'est vraiment moi, et soit vous m'obligez à faire appel au médecin du palais pour l'attester, soit vous me croyez sur parole. Juno et moi avons échangé nos places pour trois semaines, je suis rentrée deux jours plus tôt que prévu.

Une nuance violette se répandit sur le visage du major.

— Vous avez échangé vos places ? Comme si vous aviez encore douze ans ?

Il se redressa de toute sa hauteur et la toisa d'un air sévère.

— Puis-je vous rappeler, princesse Jade…

— Non.

Qu'il l'appelle « princesse Jade » montrait ce qu'il pensait d'elle. Il la considérait toujours comme une gamine. Or il était face à la reine de Monrova. Et elle était fatiguée, avec un cœur en miettes ; elle se raccrochait au peu de contrôle de la situation qu'il lui restait.

— Je suis la reine, major Garland, je sais où est mon devoir et je n'ai pas besoin que vous ni personne ne me disiez ce que je devrais ou ne devrais pas avoir fait par le passé, ce que je dois faire maintenant ou devrai faire à l'avenir.

Il la contempla en écarquillant les yeux, entrouvrit les lèvres.

— Mais…

— Je souhaite que vous convoquiez tous les conseillers, déclara-t-elle.

Voyant qu'il ne bougeait pas, elle haussa les sourcils.

— Maintenant, je vous prie, major.

— Naturellement, Votre Majesté, répondit-il après avoir dégluti. Nous vous attendrons dans la Salle rose.

La Salle rose était une immense salle, froide et inconfortable, où son père avait l'habitude de trôner en hauteur sous un dais, de façon à dominer ses arrogants conseillers, eux-mêmes assis autour d'une longue table rectangulaire. Jade avait toujours détesté s'installer sur ce perchoir et les entendre s'adresser à elle comme si elle avait cinq ans.

— En fait, je préférerais ne pas utiliser la Salle rose pour cette réunion. Merci, major.

— Mais…

— Elle est trop vaste et trop froide pour moi. Installez-les plutôt dans la salle à manger.

— La salle à manger ?

La nuance violette avait viré au rouge carmin…

— Oui, dit-elle avec calme. La table est assez grande pour nous tous. Retrouvons-nous là-bas dans une demi-heure. Il faudra aussi faire revenir mon assistante de Severene.

Elle s'interrompit un instant.

— Je m'en chargerai moi-même. Après m'être entretenue avec la princesse Juno.

Pressée de gagner ses appartements, elle planta là le major et, aussitôt la porte refermée, ralluma le smartphone de Juno. Elle avait retardé ce moment, mais il n'y avait eu ni appels ni SMS.

Ravalant sa souffrance, elle redressa les épaules et appela sa sœur.

— Qu'est-ce que c'est que ce retour précipité à Monrova ? demanda celle-ci sans même lui dire bonjour.

— Tu es déjà au courant ? Les nouvelles vont vite… Le major Garland est *très* efficace.

— Tout va bien, Jade ?

— C'est plutôt à toi qu'il faut poser la question. D'après ce que j'ai…

— J'ai fait une énorme bêtise. Mais je vais bien. Mieux que bien, même…

Jade resserra les doigts autour du smartphone tandis que Juno lui avouait qu'elle était tombée amoureuse de Leonardo et que son amour était réciproque. Cela faisait bien longtemps que Jade n'avait entendu une telle gaieté dans la voix de sa jumelle, et elle était vraiment heureuse pour Juno. Ils envisageaient de se marier le plus vite possible, et Juno deviendrait ainsi la reine qu'elle avait toujours été capable d'être. Comme Jade l'avait toujours su.

— Tu vas habiter tout près, dit-elle, les yeux emplis de larmes. Nous allons être voisines.

— Jade ?

Sa sœur demeura un instant silencieuse.

— Tu vas bien ?

— Très bien. J'ai dû rentrer, je ne pouvais pas faire autrement. Mon séjour new-yorkais m'a fait beaucoup de bien. J'ai passé des moments formidables. Et maintenant je suis prête, prête à assumer mon devoir à *ma* façon.

Nouveau silence.

— Il est prévu pour quand, ce mariage ? demanda Jade.

Sa sœur, qui avait perçu la détresse de sa voix, n'insista pas et, quelques instants plus tard, elles discutèrent de la meilleure façon de révéler la vérité à la presse.

Après avoir raccroché, Jade compara sa situation avec celle de sa jumelle. Elles avaient toutes les deux découvert l'amour, le vrai, mais alors que celui de Juno pour Leonardo était partagé, elle-même n'avait pas réussi à atteindre le cœur d'Alvaro.

Il l'avait laissée partir sans protester. Il ne l'avait pas suppliée de rester. Lorsqu'elle lui avait avoué qu'elle l'aimait, il n'avait même pas cillé. Ensuite, il s'était complètement fermé à elle, refusant d'entendre ce qu'elle avait trouvé le courage de lui dire.

Et ce refus était pour toujours gravé dans son cœur, comme une plaie inguérissable.

Après s'être entretenue au téléphone avec Leonardo et Juno et avoir préparé son discours avec l'aide de son assistante personnelle revenue à Monrova, Jade le prononça lors d'une vidéoconférence programmée à la suite de celle de Leonardo et Juno à Severene.

Les jours suivants, seule sa volonté la fit tenir bon. Elle fit reporter plusieurs rendez-vous par son assistante et lui demanda de prendre tous les appels à sa place jusqu'à nouvel ordre. De son côté, elle réfléchit aux changements qu'elle souhaitait faire effectuer au palais et en discuta ensuite avec sa si précieuse assistante, manifestement ravie de pouvoir enfin rompre avec la routine et le protocole stricts imposés par le roi.

Petit à petit, Jade se sentit plus forte et passa ses coups de fil elle-même, notamment pour embaucher une nouvelle entraîneuse.

S'interrogeant en permanence sur ses choix, elle constata avec plaisir qu'elle prenait de plus en plus d'assurance.

Elle s'en sortirait parce qu'elle avait trouvé sa propre voie.

Et son cœur finirait bien par guérir. Un jour.

Mais la nuit, les souvenirs revenaient la hanter. Elle revivait les instants merveilleux partagés avec Alvaro et envolés à tout jamais.

Elle avait été si naïve. Il lui avait offert le paradis pour une durée limitée. Il avait exaucé tous ses désirs parce que, pour lui, leur relation était purement physique et temporaire.

Leur histoire l'avait changée. *Alvaro* l'avait changée. Grâce à lui, elle avait pris conscience de ses vrais désirs, de sa force et de son pouvoir.

Et, paradoxalement, il lui avait fait découvrir l'amour.

Mais il n'avait pas changé. Elle n'avait pas réussi à le changer.

Il n'était pas tombé amoureux d'elle.

Alvaro fit la grimace en voyant qui l'appelait sur son smartphone.

— Bonjour, Ellen, dit-il, prêt à subir un interrogatoire.

— Je viens de voir ton amie à la télévision.

Lui aussi. En boucle.

— Tu ne m'avais pas dit que PJ était une reine, Alvaro.

— En effet.

Il ne voulait pas parler d'elle. Ne voulait pas penser à elle. Même s'il ne faisait que cela depuis des heures. Cette conférence de presse, dans la cour du palais, l'avait stupéfié. Elle paraissait si différente. Si distante.

— Le repas de Noël s'est bien passé ? Toutes les pommes de terre ont été mangées ?

— Toutes.

Silence.

— Alvaro ? Tu vas bien ?

Ellen lui avait donné son nom, l'avait élevé, protégé. Elle avait fait de son mieux. Ils avaient vécu des moments difficiles mais ils s'en étaient sortis. Ensemble.

Et non, il n'allait pas bien. Il était furieux. Jade avait chamboulé sa vie. Elle avait fait naître en lui des désirs, des interrogations, des rêves… inaccessibles et impossibles.

Et maintenant, il ne pouvait même plus se réfugier au phare.

— Je vais bien, Ellen, répondit-il au mépris de la vérité. Mais je dois te laisser, j'ai un rendez-vous important. Je te rappellerai plus tard.

Il y avait une chose qu'il devait admettre, comprit-il soudain. Une chose qu'Ellen méritait d'entendre. Depuis des années.

— Merci de m'avoir appelé, dit-il, la voix rauque. Je t'aime, Ellen.

— Moi aussi, je t'aime, répondit-elle après un silence, la voix aussi rauque que la sienne.

Il mit fin à l'appel, puis pressa le téléphone sur sa poitrine en se disant que Jade aurait été contente de l'entendre.

Et que lui-même pourrait peut-être s'habituer à dire ce genre de chose.

15.

Après avoir présenté ses vœux au peuple de Monrova, Jade regagna ses appartements et sourit en repensant à la tête du major lorsqu'elle avait déclaré qu'elle préférait la tiare de diamants à la couronne et que, désormais, elle ne porterait celle-ci que lorsque les circonstances l'exigeraient.

— Mais, Votre Majesté…, avait-il balbutié. Votre père, le roi…

— Elle est trop lourde et me cause des maux de tête, major. Faites-moi apporter la tiare, voulez-vous ?

— Tout de suite, Votre Majesté.

— Merci, major.

Le nouvel an marquait la fin des congés d'hiver et le début d'une nouvelle ère. Car elle continuerait à assumer la tâche qui lui avait échu dès sa naissance, mais à sa manière.

Dans l'immédiat, elle était impatiente d'ôter sa robe, sa tiare, et de souffler un peu, au calme.

Sa tranquillité ne dura pas longtemps. Elle venait de renvoyer sa femme de chambre venue l'aider à défaire la tiare lorsque son smartphone – récupéré peu après son arrivée – sonna.

— Juno ? Tout va bien ?

— Pourquoi crois-tu toujours que quelque chose ne va pas quand je t'appelle ? répondit, taquine, sa sœur. En fait, je viens d'être en contact avec la sécurité du palais.

— Ah ? Pourquoi ?

— Il faut que tu ailles à la Salle rose. Tout de suite.

— Pourquoi ? répéta Jade. Je déteste cet endroit.

— Je n'ai pas le temps de t'expliquer, fais-moi confiance. Vas-y, dépêche-toi !

Jade soupira. Elle n'avait même pas eu le temps de se changer…

À vrai dire, Alvaro était intimidé. Et il plaignait sincèrement Jade. Le palais était superbe, certes, mais conçu avant tout pour être admiré et impressionner le commun des mortels. Et, en dépit de ses magnifiques vitraux, cette « Salle rose » dégageait une atmosphère franchement sinistre.

Cependant, ce n'était pas vraiment le décorum qui l'intimidait.

Il s'était cru invincible, il croyait avoir obtenu tout ce qu'il désirait, tout ce dont il avait besoin. Il pensait avoir atteint un niveau satisfaisant d'équilibre et de bien-être.

Mais ce qu'il avait ressenti avec Jade durant ces quelques jours passés avec elle ?

Il s'était senti… entier. Et heureux.

Il avait refusé de l'admettre, de toutes ses forces, attribuant cela à un excès d'euphorie passager, à l'érotisme torride de ce qu'ils avaient partagé.

Il avait fallu qu'un vide atroce s'ouvre dans son cœur, dans sa vie, lorsque Jade était partie, pour qu'il se rende compte qu'elle emportait avec elle tout ce qu'il désirait le plus au monde.

Et qu'il s'avoue qu'il avait désespérément besoin d'elle. Parce que, oui, il l'aimait.

Tout en sachant par ailleurs qu'il était indigne d'elle. Mais cela n'y changeait rien. Il ne pouvait plus rester loin de celle qu'il aimait plus que lui-même.

Les deux battants de la large porte s'ouvrirent tout à coup, deux valets de pied s'écartèrent de chaque côté.

Quelle entrée…

Il inspira profondément et, figé au milieu de l'immense salle, regarda la reine de Monrova s'avancer d'un pas, puis s'immobiliser.

La double porte se referma derrière elle.

Jade ne lui sourit pas. Elle blêmit.

— Jade…

Il s'interrompit en la voyant tressaillir. Mais le temps qu'il s'en aperçoive, elle s'était déjà ressaisie.

— Bonjour, Alvaro.

Le son de sa voix le ranima.

— Réussir à entrer ici est un véritable défi. J'ai essayé de t'appeler mais je suis tombé sur Juno.

— Pourquoi es-tu venu ?

Le cœur de Jade battait si fort qu'il allait exploser dans sa poitrine. Ou cesser de battre.

— Tu m'as fui, Jade. Et je t'en ai terriblement voulu de disparaître ainsi. J'ai été si furieux que je n'arrivais même plus à me concentrer sur rien. Mais lorsque la colère est retombée, je me suis retrouvé anéanti. Et c'est là que j'ai commencé à réfléchir.

Elle le regarda, sa propre colère s'évaporant aussi vite qu'elle avait surgi.

— Je me suis rendu compte que tu n'avais pas renoncé par lâcheté. J'ai compris que tu t'étais battue, notamment en me disant ce que tu ressentais pour moi…

Les traits d'Alvaro s'adoucirent.

— Et que tu faisais preuve d'un grand courage en m'ouvrant ainsi ton cœur. Mais je n'ai rien dit. Je suis désolé, Jade. J'étais sous le choc. Pas à cause de ton aveu, mais à cause de toi, de la force et de la sincérité qui émanaient de toi. J'étais si terrifié que je ne pouvais plus penser à rien. Alors que je connaissais déjà la vérité. C'était cela qui me terrifiait.

Elle l'écoutait en retenant son souffle. À présent, son cœur semblait enfler, il prenait toute la place.

— C'est fichtrement difficile de t'approcher, tu sais ? dit-il. Tu dis que je vis dans l'isolement, mais franchement ce palais ressemble à une prison.

— Pour moi ce n'est pas une prison, répondit-elle en redressant le menton. C'est ma maison.

— Oui, je l'ai compris en te regardant présenter tes vœux à la nation, répondit-il. Tu resplendis où que tu sois, mais encore davantage ici.

Il fit un pas vers elle.

— C'est pour cette raison que tu m'as quitté, n'est-ce pas ? Tu as pensé que, de toute façon, rien ne serait jamais possible entre nous.

Son cœur se brisa de nouveau. Parce que c'était vrai.

— Mais tu ne peux pas offrir pareil trésor à quelqu'un et le lui reprendre…

— Je n'ai pas repris mon amour, Alvaro. J'ai voulu te le laisser, pour que tu le gardes précieusement.

Il se rapprocha, une expression torturée sur les traits.

— Crois-tu que tu pourrais m'accorder une seconde chance, Jade ?

Incapable de prononcer un mot, elle se mit à trembler.

— Parce que tu vois, dit-il avec calme, je ne peux pas me contenter de garder des souvenirs. Je désire davantage. Je veux me réveiller chaque matin auprès de toi et aller me coucher avec toi chaque soir. Je veux que nous partagions le plus de moments possible. Je ne veux pas que nous soyons séparés.

Il s'arrêta face à elle et lui posa les mains sur la taille.

— Parce que je t'aime.

La vue brouillée par les larmes, elle battit des cils pour les refouler. Avait-elle bien entendu ? Pouvait-elle vraiment y croire ?

— C'est difficile à croire, hein ? fit-il avec un pauvre sourire.

Il leva la main et lui effleura les cheveux.

— Difficile de croire que quelqu'un puisse t'accepter, te désirer, t'aimer… juste pour toi. Telle que tu es. Que, même si tu ne possédais rien, si tu n'étais qu'une femme parmi d'autres, même si tu ne faisais pas ce que l'on attend de toi, tu serais néanmoins aimée. Je ne croyais pas seulement que ce serait difficile que quelqu'un puisse m'aimer, je croyais cela impossible. Alors que c'est ce que je désire le plus au monde, de la part de la femme que je désire le plus au monde. Je suis désolé de t'avoir laissée partir. De t'avoir déçue. Mais tu sais ce que j'ai compris depuis ?

Submergée par les émotions, elle secoua la tête en silence.

— J'ai compris que désirer connaître l'amour, et tout ce qui va avec, cela devrait être accessible à tout le monde. Que nous le méritons tous.

Il resserra les doigts sur sa taille.

— Je ne veux pas me contenter de miettes, Jade. Je veux le gâteau tout entier.

Doucement, il leva la main et lui caressa la joue.

— Je t'aime. Tout est beau en toi.

Il essuya une larme sous son pouce.

— Dis quelque chose, ma chérie. N'importe quoi.

— Je t'aime aussi.

Un lent sourire se forma sur les lèvres d'Alvaro.

— J'espérais tellement entendre ces mots…

Il pencha la tête vers elle et lui effleura les lèvres des siennes. Elle répondit à sa caresse. Il la prit dans ses bras et la serra contre lui, avant de l'embrasser avec un mélange de passion et de tendresse qui acheva de la bouleverser.

Il lui avait tellement manqué…

Brusquement, il la lâcha, le souffle court.

— J'ai quelque chose pour toi, dit-il d'une voix rauque.

Enfonçant la main dans sa poche, il en sortit quelque chose en souriant, mais le garda serré dans sa paume.

— Alvaro…

Il tendit la main et desserra les doigts, révélant un porte-clés auquel était attaché un petit phare en argent. Une seule clé était passée à l'anneau.

Elle comprit aussitôt : c'était la clé de la maison du phare. Alvaro lui offrait de partager son refuge avec lui.

— Tu peux y aller quand tu veux, murmura-t-il. Je t'y rejoindrai toujours. Je partagerai toujours tout ce que je possède avec toi.

Son cœur fondit de bonheur, en même temps que toutes sortes de questions s'insinuaient dans son esprit.

— Je désire partager, vivre tout cela avec toi, Alvaro. Mais…

— Tu es inquiète à cause du protocole ? Parce que je ne suis pas un prince ?

— Pour moi, tu es un prince. *Mon* prince, répondit-elle tristement. Mais tu ne comprends pas le fonctionnement de cet univers.

— Exact !

Il regarda autour de lui d'un air faussement épouvanté.

— Mais j'apprendrai, dit-il.

— Il te faudra du temps… Et si tu détestes cette vie ?

— Je n'ai pas besoin de temps, mais je comprends que, toi, tu en aies besoin. Nous ne précipiterons rien.

— Tu vis de l'autre côté de l'Atlantique… Tu diriges un conglomérat qui représente toute ta vie… Je ne peux pas te demander de renoncer à tout cela.

— Dois-je y renoncer ? répondit-il avec un doux sourire.

— La politique et les affaires… Cela risque d'être compliqué.

Une lueur amusée pétilla dans les beaux yeux d'ambre.

— Sais-tu ce que je fais, Jade ?

— Tu rachètes des entreprises, tu les remets sur pied, tu…

— En fait, la plupart du temps, mon job consiste à résoudre des problèmes. J'aime les complications, les défis. Et toi aussi, tu résous des problèmes. Et tu sais très bien le faire.

Mais il y avait différentes sortes de problèmes. Dont certains étaient irrésolus.

— Je ne peux pas te demander de t'installer ici. Cela ne fonctionnerait pas. Cela ne durerait pas.

— Tu penses à tes parents ? dit-il en lui posant la main sur les reins. Mais les temps ont changé, ma chérie. La technologie a fait d'immenses progrès. Si je peux travailler de mon phare, je peux travailler n'importe où.

Elle désirait tellement le croire.

— Ce qui m'inquiète, dit-il, c'est qu'ils vont te harceler. Alors que dirais-tu de nous éclipser quelque temps pour savourer notre bonheur en paix, sans que personne sache où nous trouver ?

— Tu serais mon amant secret ?

— J'en meurs d'envie.

— Je te veux tout à moi, avoua-t-elle. Pour toujours.

Un sourire lumineux éclaira les traits d'Alvaro.

— Je suis tout à toi, ma reine.

Elle lui prit la main en souriant.

— Si tu ne veux pas te perdre, fit-elle, tu vas devoir me suivre.

— Volontiers.

— J'ai commandé de nouveaux coussins.

— Fantastique !

Il la prit dans ses bras.

— Je sais être patient, Jade.

— Ce n'est pas l'impression que tu me donnes, pourtant, murmura-t-elle en se pressant contre sa puissante érection.

Épilogue

Jade regarda Leonardo enlacer Juno par la taille et sourit. Il adorait sa femme, cela crevait les yeux, et jamais elle n'avait vu sa jumelle aussi heureuse, aussi épanouie.

Ils leur avaient fait la surprise d'arriver la veille avec Alice, leur toute petite fille, et les avaient rejoints dans la salle à manger après la rituelle présentation des vœux.

Tournant la tête, Jade croisa le regard d'Alvaro, posé sur elle.

Tout le monde avait été curieux de le voir. Jusqu'à présent, il s'était tenu en retrait de toute manifestation officielle, heureux de l'accompagner mais « dans son ombre », comme il disait. Mais bien sûr, on l'avait remarqué et le public demandait à le voir et à le connaître. Aussi Jade avait-elle été enchantée qu'il accepte de se joindre à elle pour la présentation des vœux.

Après leur escapade de presque six mois loin de Monrova, dans la maison du phare, la presse avait vite découvert leur secret. Alvaro avait alors commencé par des visites officielles à Monrova, puis des sources tout aussi officielles avaient confirmé qu'il était le compagnon de la reine.

Six autres mois s'étaient écoulés et ils avaient démontré qu'ils pouvaient en effet résoudre leur problème et imposer leur style de vie, même s'il avait fallu bousculer un peu les traditions et le protocole.

Début décembre, ils avaient invité Ellen à Monrova et étaient repartis tous ensemble pour passer Noël chez elle. C'était une première pour Alvaro, et pour Ellen, car ils n'avaient travaillé ni l'un ni l'autre ce jour-là.

Le soir, Jade et lui avaient repris la route du phare pour célébrer leur Noël à eux.

Et maintenant, ils fêtaient la nouvelle année avec Leonardo et Juno, et la petite Alice.

Lorsque ce soir-là après le dîner Jade regagna ses appartements privés avec Alvaro, elle baissa les yeux sur la table basse du salon, puis se tourna vers lui.

— Qu'est-ce que c'est ?

— Une douceur, fit-il avec un haussement d'épaules.

— Ce n'est pas mon anniversaire, dit-elle en contemplant le superbe gâteau au chocolat.

— Nous ne pouvons pas nous en offrir à d'autres moments ?

Intriguée par la lueur qui pétillait dans les yeux d'Alvaro, elle saisit le couteau, mais quand elle enfonça la lame dans le gâteau, elle buta contre quelque chose de dur.

Au lieu d'un cœur fondant, elle découvrit… une petite boîte dissimulée dans une cavité aux parois de nougatine.

Son cœur se mit à battre à toute allure. Ses doigts tremblaient si fort qu'elle lâcha le couteau.

— Jade ?

Les larmes roulaient déjà sur ses joues.

Alvaro lui prit les mains et la fit pivoter doucement vers lui.

— Épouse-moi, dit-il simplement. Sois ma reine.

Une joie immense se déploya dans son cœur.

— Tu es surprise, ma chérie ? demanda-t-il dans un murmure en lui essuyant délicatement les joues.

Quand il l'embrassa, elle se pressa contre lui et lui répondit avec tout son amour.

Au bout d'un long moment, il écarta doucement ses lèvres des siennes.

— Alors ? dit-il avec un sourire espiègle. J'ai été très patient, pourtant…

— *Oui*, mon amour, répondit-elle en souriant. Oui à *tout* !

Vous avez aimé *Une reine à New York* ?
Retrouvez en numérique l'histoire de la jumelle
de votre héroïne !

1. *Dans le rôle d'une reine*
2. *Une reine à New York*

Retrouvez prochainement, dans votre collection AZUR

Ce secret dévoilé, de Caitlin Crews - N°4422
Lorsqu'elle se rend au sommet de la Skalas Tower, Kendra n'a qu'un but : convaincre Balthazar, le maître des lieux, d'abandonner toute poursuite judiciaire contre sa famille. Or l'homme d'affaires grec à la réputation impitoyable n'a que faire de ses arguments. Aussi Kendra se résout-elle à utiliser la seule arme dont elle dispose face à Balthazar – la séduction. Seulement, après s'être liée à son ennemi durant une nuit époustouflante, elle se découvre enceinte…

Liaison avec un Italien, de Carol Marinelli - N°4423
Gian de Luca, duc italien et magnat des affaires, sait que la ravissante Ariana Romano lui est interdite. Non seulement elle est la fille de son mentor mais sa réputation d'héritière gâtée et sulfureuse n'est plus à faire. Toutefois, une nuit, Gian perd la raison et attire Ariana jusqu'à son lit. Dans l'intimité, sa douce maîtresse se révèle bien différente de celle qu'il croyait connaître. Et Gian ne songe déjà plus qu'à prolonger leur liaison au parfum de scandale…

Sous la protection du cheikh, d'Annie West - N°4424
Pressée de fuir un mariage forcé, Tara passe la frontière de son pays pour entrer clandestinement au royaume de Nahrat. Hélas, elle atterrit malgré elle dans la salle du trône du cheikh Raif. Ce roi du désert, autoritaire et fier, sait qu'elle appartient à un peuple rival et pourtant, à la grande surprise de Tara, il lui offre sa protection. Mais, quand bientôt la rumeur enfle au sujet de leur proximité nouvelle, Raif doit étouffer le scandale qui menace d'exploser. Et c'est ainsi qu'il proclame Tara comme sa future épouse !

L'amant de Singapour, de Dani Collins - N°4425
Tsai Jun Li. À peine Ivy pose-t-elle les yeux sur le milliardaire qu'elle est saisie par un brusque accès de fièvre. Cet homme est un fantasme, la perfection incarnée ! Aussi, quand il lui propose de passer la nuit avec lui, elle cède à la tentation. Quatre mois plus tard, c'est à Singapour qu'elle tente de le retrouver. Car, si leur étreinte devait rester sans lendemain, le destin en a décidé autrement : Ivy attend un enfant de son inoubliable amant…

Confidences scandaleuses, d'Andie Brock - N°4426

Emma a passé une nuit époustouflante dans les bras de Leonardo Ravenino, le milliardaire qu'elle aurait dû se contenter d'interviewer pour son journal. Aussi, quand il la rejette au lendemain de leur étreinte, c'est le cœur brisé qu'elle couche sur le papier sa frustration et tout le mal qu'elle pense de celui qui l'a séduite. Hélas, alors que ces confidences devaient rester intimes, voilà qu'elles sont publiées par accident ! Dès lors, Emma n'a d'autre choix que d'affronter la colère de Leonardo, au moment même où elle se découvre enceinte de lui…

Le guerrier des sables, de Jackie Ashenden - N°4427

Alors qu'elle pénètre dans une forteresse en plein désert, Ivy prend peur. Ce voyage qui l'a menée des rives pluvieuses de l'Angleterre au climat torride d'Inaris s'est révélé épuisant. Et l'accueil hostile que lui réserve le cheikh Nazir al-Rasul ne fait rien pour calmer les battements précipités de son cœur. Nazir est un chef de guerre farouche, redoutable et redouté, et Ivy est probablement folle d'être venue à sa rencontre pour lui annoncer une nouvelle incroyable. Alors que tous deux ne se sont jamais rencontrés auparavant, Ivy attend l'enfant de Nazir. Son héritier…

L'épouse d'un patron, de Katrina Cudmore - N°4428

Magnat dans l'hôtellerie de luxe, Loukas Christou multiplie les contrats lucratifs partout dans le monde. Mais aujourd'hui l'un de ses partenaires en affaires refuse de traiter avec lui sous prétexte qu'il est encore célibataire – et donc forcément instable ! Furieux qu'on puisse douter de lui, Loukas se résout toutefois à chercher une épouse de circonstance. Et c'est Georgie, sa belle assistante, qui est chargée de lui dénicher la femme idéale. Seulement voilà, alors qu'il côtoie chaque jour Georgie dans le cadre paradisiaque de l'île de Talos, Loukas prend conscience qu'elle éclipse toutes les candidates au mariage…

La proposition d'une innocente,
de Melanie Milburne - N°4429

SÉRIE : *OBJECTIF PASSION* - 1/3

Dans un mois, Ivy fêtera son trentième anniversaire. Or pas question pour elle d'atteindre l'âge fatidique sans avoir connu d'abord les plaisirs de l'amour. Parce qu'elle est toujours célibataire, elle ne voit qu'une solution : proposer à son ami Louis Charpentier de lui ravir son innocence. Bien qu'il soit un play-boy et un séducteur invétéré, cet homme a toute sa confiance. Et puis, dans la mesure où il est aussi expérimenté que rétif à toute forme d'engagement, il sera le partenaire parfait. L'amant idéal, pour une nuit seulement…

Conquise par Ashton Castle,
de Natalie Anderson - N°4430

SÉRIE : *FRÈRES REBELLES* - 1/2

Un verre de champagne, un bain moussant... Merle profite du confort de la somptueuse villa qu'on l'a autorisée à occuper durant son séjour sur l'île de Waiheke, où elle fait des recherches sur la famille Castle. Jusqu'à l'arrivée inopinée d'Ashton, le maître des lieux, dans la salle de bains où elle se prélasse ! Mortifiée par cette rencontre avec le ténébreux milliardaire qui la couve d'un regard chargé de désir, Merle l'est davantage encore quand il lui révèle qu'ils passeront la semaine en tête à tête...

L'étranger de l'orage, de Marion Lennox - N°4431

Seule dans la ferme délabrée qu'elle vient d'hériter, Charlotte tente d'ignorer le fracas de l'orage, dehors. Et c'est avec un certain soulagement qu'elle voit débarquer chez elle un homme qu'elle n'a jamais rencontré, mais auquel elle offre l'hospitalité. Au cours de cette nuit de tempête, inquiétante et magnifique, tous deux en viennent à tomber dans les bras l'un de l'autre. Charlotte, déjà, sent son cœur battre pour son compagnon d'infortune ! Hélas, elle ne tarde pas à découvrir qu'ils ne font pas partie du même monde, car Bryn Thomas Morgan se révèle être un lord anglais...

Une brûlante étreinte, de Jennifer Hayward - N°4432

Diana enrage. Que lui a-t-il pris d'accepter de se rendre au mariage de son amie Annabelle ? Elle savait pourtant que Coburn, son futur ex-mari, s'y trouverait aussi, et que la simple vue de cet homme qui lui a brisé le cœur lui serait insupportable. D'autant que Coburn semble s'amuser de la situation, joue avec elle comme un lion avec sa proie, la provoque... et finit par l'attirer dans son lit. Diana comprend alors que c'est peut-être ce qu'elle est venue chercher ici, ce soir : la terrible confirmation de l'emprise absolue qu'il exerce, aujourd'hui encore, sur ses sens...